如果理想生活還在半路，
請先享受一顆正面朝上的太陽蛋。

太陽蛋正面朝上

柯采岑

Sunny-side-up

目錄

輯一 正面朝上，還沒熟透

輯二　叫你親愛的

輯三

貪吃是必須的

輯四

一個工作狂的生存之道

輯五 好作品讓人覺得活著值得

輯六 我們去旅行吧

後記

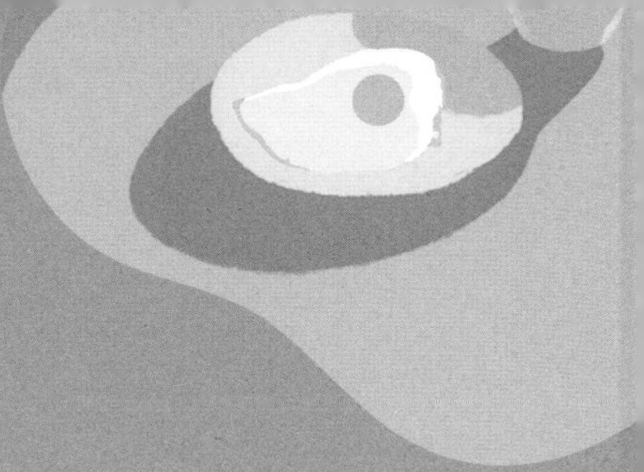

輯一

正面朝上，還沒熟透

「希望呢，我們讓人想起的時候，
感覺健康，感覺營養，感覺溫暖。」

太陽蛋正面朝上

我是一個嗜蛋之人，如果沒有膽固醇考量，一天可以吃三顆以上。吃蛋呢，讓人感覺營養，感覺身體幸福。蛋有好多種，炒蛋、鹹蛋、水煮蛋、溏心蛋、蛋包，我尤其喜歡的是太陽蛋（Sunny side egg）。

每次看到太陽蛋，蛋黃半生不熟，正面朝上，蛋白爽朗地鋪展開來，如在豔陽底下，抖開一張柔軟的小被被，讓它爽朗地曬一曬。然後呀，邊緣煎得脆脆金黃，微微翹起，整顆太陽蛋隨著盤子前後抖動的樣子——不知道欸，不覺得每當看到太陽蛋，就覺得它心情很好的樣子嗎？一顆太陽蛋、兩片火腿、一條煎得脆脆的香腸，組成一盤大早餐，多可愛呀。

太陽蛋正面朝上——那樣的畫面，有一種鼓舞訊息。

就像呢，生命總是有背部著地的時候，誰都遇過，乖乖躺著，雙手一攤，什麼也不能做。可是從另一個角度來看，那樣的慵懶與蓬鬆，那樣的彈性與可愛，也是另一種生命其實必須的姿態——我願意接受生命早已為我準備好的一切，並且相信那其中必然有我尚不能透澈明白的美麗。

背部著地的時候，不做什麼的時候，放空的時候，有沒有可能，我們正在參與生命更寬闊的可能，見證另一種反向力度的完成。那樣的完成沒有原因，甚至沒有目的，不過只是，我存在於此時此刻此地，已經很美好了。

我的出生，已經就是完成了。就像一顆美好的太陽蛋。

太陽蛋正面朝上——也有一種還沒熟透的可能性。

還是半熟呢，距離全熟還有一段距離，仍有變化的空間，也有著什麼早已有了穩定根基。好像我正在經歷的三十幾歲，已經決定不必重新活一次二十幾歲，明白生命有著發展與更新的渴望。帶著過往的經驗、所有我們已經學會的，再去經歷未知與改變，去挑戰自己的信念系統，用一種，理解生命的有限，也好想知道自己還能怎麼發展那樣的好奇，那樣的無畏，那樣太陽蛋的心情去經驗著每一天的變化。

太陽蛋正面朝上——說真的呢，跟誰都可以百搭。

既是可以獨挑大樑的主角，也隨時可以與人合作，擊掌組成華麗的早午餐團隊；可以當領導，也可以做團員中的忙內，那樣的彈性與餘裕，那樣的進退安適，那樣敞開變化的空間，是明白自己是誰的自在。要學習那樣的姿態，一個人但凡明白了自己是誰，就會知道能怎麼與他人搭配，在這世界上自由行走。

一顆蛋，獨行也可以；一盤早午餐，飽足力量大。

太陽蛋正面朝上——那是火候拿捏的工夫。

太陽蛋好不好吃，講求料理火候，有時候最簡單的最困難，最不喧譁的經常是內功最深厚的。我有時候覺得長大也是學會不動聲色地出力，優雅地與艱難互搏交手，不再想把辛苦通通翻攪出來，攤在世界面前，沒有那樣需要被眾人安慰的必要。養成一種等候的習慣，心甘情願地讓時間去熟成美味的內在。

太陽蛋正面朝上——覺得有點辛苦的時候，就去吃這麼一顆蛋吧。

我對自己這麼說。滿懷感謝地，雙手合十，去吃一頓飯，去咬一顆蛋，然後知道，明天又是全新的一天。太陽升起，微風吹拂，廚師換上工作服，揀選新鮮雞蛋籃，敲破蛋殼，蛋滑入油鍋像滑入某個游泳池水道，火候適中。時間到，太陽蛋準備好，穩穩上桌，輕輕戳破，像有一抹太陽光灑在白色餐盤上。你把世界的營養，通通下肚。

那就是太陽蛋的魔法吧！

三十幾歲以後，我想做這麼一顆，正面朝上的太陽蛋。讓人想起的時候，感覺營養，感覺健康，感覺溫暖。

宇宙總是為我準備最適合我的

宇宙總是為我準備最適合我的，最適合我的，就是最好的。從二十幾歲開始，我一直相信這句話，現在三十幾歲的我，知道自己正活在這句話裡頭——為此，我心存許多感謝。

又一年生日，地球繞太陽公轉一圈，今年我特別覺得有一點釋懷吧，可能是老了也說不定，所有事情都如其所是，所有經驗都必要發生。所有的一切齊聚，包含愛與時間的共同參與，才有此時此刻的，小小的一個我。

充滿感謝的，生命中能有這麼多人與事的祝福，一起協助我的階段完成。一個人的總和，實則是他所擁有的情份與記憶。

越長大越會看明白，其實我們所能獨力完成的非常有限，那種過去曾崇尚過的，個人梟雄傳記式的價值觀，很多時候呢，是建立在對旁人付出的忽視之上，看明白了這一點，謙卑會開始慢慢長進生命裡頭。

感謝生命有著源頭，也感謝與我一起經驗生命的所有人。如果沒有身邊的人，我一個人所能完成的，其實真的很少很少。

最近讀《沙丘》小說，浪漫科幻，星際架空，有競奪戰火，有爾虞我詐，有兒女情長。其實從更大的尺度來看，我們終將成為某個記載的歷史與傳說，一個生命最後會成為一個被流傳的名字，一段歷練會被代代傳承成為一個被銘記的故事。體會如此，宇宙之間的因果，有些我們能參透，有些我們不能左右，無論如何，都不會改變我們身處其中的事實。很多時候，參與本身，已經就是意義。

那是一種理解電光石火與物換星移，終將成為必然，也理解此時此刻，我就在這裡的篤定。

我記得自己在第一本書《如果理想生活還在半路》的首篇，寫自己奔跑過馬路，要去即將打烊的麵包店，買喜歡的麵包。那時候感覺，越過馬路的瞬間，那三十歲是用一個重拍的慢動作踏進去的，彷彿空氣凝結，身後有動漫的熱血音樂。

我可以朝自己的理想全力奔赴，也感覺未來正朝我奔赴而來，福至心靈。

三十歲以後的時間，也大概有著這樣的身體節奏感與信念。我是這麼想，我能改變的，就用學習去加速，用行動去換；我所不能夠的，相信有當時當刻，我尚不能明白與看懂的安排，那麼，我要學的是臣服與接納，理解總有事非我願。

事非我願，乃是人之常情。

甚至會不會，那樣的非我所願，反而是生命祈求來的，新的經驗。如果沒有齟齬，不會懷念合群；如果沒有皺褶，撐不開新的表面積；如果沒有裂痕，光透不進心的深處與裡面。人是在黑暗之中，懂得怎麼給自己一盞需要的燈，練習做自己的陽光。

我覺得自己正在經驗的，就是一個不平整的，有皺褶的生命。不平整之處，也是有空間之處。在這樣的體會之下，越發感覺，我的擁有去到了更深的地方，落地儲存，心的容器，豐收厚存，年年有餘。

然後好像，我不再需要實際緊握著這麼多，外界的東西，來感覺自己存在，來給自己一點不會飄走的重力。二十歲之後，我覺得自己成為一個越來越務實的人，越來越感覺自己腳踩地面，步步往前。也終於看明白對我來說，人生的擁有，其實就是能夠不斷地不斷地去經驗，不停地不停地去自我翻新。

於是，宇宙總是為我準備最適合我的。這句話我當作護身符那樣，掛在心上，每當想起這句話，就覺得自己是被愛護著的。

而我這麼幸運，在時間之中，我有了我所能成就的，我想完成的。

從前的日子，曾經把工作當成磨練，接著當作成就感來源；把生活看作逃跑計畫，接著就生起依戀之心。我後來知道我選擇的工作方向與生活型態，也不過就是我的信念的無限延伸。像是一隻長長的，伸出去的手，或許甚至，更像是海浪。於是它們可以很遠很寬廣很遼闊，也可以變化多端與重頭來過，一如大海。

每年生日的時候，我總是像點名那樣地回想，去體察我擁有的變化。

從前覺得擁有是要拿在手心的，才有實感——我的棒棒糖，我的背包，我的網拍包裹，我的學位證明，我的房屋權狀。

現在覺得擁有就是所有我們正在經驗的，正被祝福著的。

我有一份我願意也能夠貢獻的工作，我有親愛的戰友與夥伴，我有敬愛的家人與朋友，我有尊敬的老師與教練，我有大於我許多的使命與願景，我有身為人必然的恐懼與擔憂，我有鼓舞自己前行的愚勇與信念——我的生命，也是我想完成的，想經驗的所有。

因此我知道，並且感謝，我擁有的很多，能夠給予的很多，因此，我也幸福得很多。

謝謝所有用各種形式，愛護著我的人。謝謝你們。謝謝自己。謝謝宇宙。

我目前擁有的，肯定是最好的，宇宙為我準備最好的，當期當刻的東西來。最好的，選擇了我，不念想過去，不焦慮未來，最好的就是現在。

討厭可以大方

英國民謠歌手Passenger最紅的一首歌是〈Let her go〉，把大家都唱心碎了，不過我最喜歡的，是他另一首叫〈I hate〉的歌，喜歡得不得了。

二〇一七年，他來臺北國父紀念館表演，一把吉他配嗓音，此歌直奔我心，可以把討厭的事情大聲嚷嚷，逐一盤點，高歌唱誦，邀請大家一起合音鼓掌，不是很好嗎？自此以後，但凡覺得心有不爽彆扭，或是憤怒中燒，我就會放這首歌來聽。

I hate racist blokes, telling tasteless jokes

（我討厭種族主義者，持續說些沒品味的笑話）

And explaining where people belong
（並分門別類，人們應該屬於哪裡）
I hate ignorant folks, who pay money to see gigs
（我討厭這樣的人，花錢去看演出）
And talk through every fucking song
（然後在每一首歌中都嘰嘰喳喳聊天）
I hate people in night clubs, snorting coke
（我討厭夜店群魔亂舞，吸食可卡因）
And explaining where your going wrong
（並解釋你錯在哪裡）
Well if you agree, then come hating with me
（如果你同意，就和我一起討厭）
And feel free to sing along
（隨時隨地都可以跟著唱）

And it goes
（然後）
La, la, la, la, la, la
La, la, la, la, la, la, la, la
La, la, la, la, la, la
La, la, la, la, la, la, la, la

Well I hate pointless status updates on Facebook
（我討厭Facebook上毫無意義的狀態更新）
FYI we were never M eight's
（FYI，我們從來不是最好的朋友）
We pretend to be friends on the internet
（我們在網上假裝是朋友）
When in real life, we have nothing to say
（而在現實生活中，我們根本沒什麼好說）

To each other, oh brother I have love for my mother
（我有很多的愛，對母親有愛）
For good times, for music and my mates
（對美好時光、音樂和朋友有愛）
Yeah I laugh, and live and I have love to give
（所以，我笑，我活著，我有愛能給予）
But sometimes all you can do is hate
（但有時候你所能做的只有討厭）
And it goes
（然後是）
La, la, la, la, la, la
La, la, la, la, la, la, la, la
La, la, la, la, la, la
La, la, la, la, la, la, la, la

所以呢，如果平常我們太習慣了溫良恭儉讓，太擅長把心事往胸腹藏，太習慣做一個面不改色的大人，不妨說一說我們討厭的，鉅細靡遺地說，斬釘截鐵地說，大大方方地說。能夠被指認的討厭其實說不定反而是一種正義，而無法明言的討厭，有時候也只是心裡彆扭而已。

而如果有一件事情是三十歲後我明白的，那大概就是，不喜歡不必假裝，討厭可以大方。惡之必要。

我呢，討厭點了不喝完的抹茶，討厭食物浪費，討厭揉成一團的衛生紙扔進碗盤，討厭閒言閒語，討厭拐彎抹角心有所圖的談話，討厭難笑卻講個不停的笑話，討厭男性說教，討厭自吹自擂的社交現場——每一句話他都只想表達自己好棒。我會微笑祝福他，並且在心裡給他一個白眼跑馬燈。

我討厭濕淋淋的雨天，討厭人擠人的聖誕節，討厭軟掉的麵條，討厭沒有嚼勁的海鮮。討厭一切假的，虛的，空洞的，沒有內容的。討厭空有其表，內在空虛。

討厭華麗背後的蒼白。

我討厭不真誠，討厭不正直，討厭虛偽，討厭謊言，討厭官僚，討厭討好，討厭無意義的SOP，討厭沒道理的重複，討厭不可挑戰的規則，討厭明明看到了卻假裝沒有看到，以為世界和平。如果自己有不真誠的時候，我也會討厭自己。

我討厭濫用職權，心存惡念，明知故犯，以大欺小，上下交相賊，我討厭任何一種形式的暴力，言語暴力，精神暴力，身體暴力，權勢暴力，性的暴力，我討厭理所當然的，以為自己能伸過來的毛手毛腳，我討厭站在高位的，有權力的人漠然地置身事外，既得利益。我討厭戰爭，討厭面對戰爭，因為我們幾乎所有人都無能為力。

我討厭失去，討厭放棄，討厭冷漠，討厭不能言語，討厭無法行動，討厭不可反擊，討厭我們總有時候保護不了自己。因此永遠留意，不想讓自己落入受害情境，並且提醒，無論如何，責任是在行為人身上。每一次說出討厭，就是標示出我們的邊界在哪，告訴別人，你再靠過來，就是我的地雷，臭臉是必要的，我會生氣，我會反擊。

如果把我的討厭全數記下來，我想可以寫出一條長長的清單。說出討厭以後，身體慢慢輕盈起來，我討厭的有多少，我熱愛的就有多少。只有標記了討厭，才能遠離，那些對自己有害的，慢走不送，然後愉快地，踏著步伐，朝熱愛前行。

我想這就是人生清理的必要正義。總有些垃圾，得留在過去。

無法明言的討厭，
有時候也只是心裡彆扭而已。

當這地球沒有花

距離疫情期間一段時日以後，回頭望，真的會感覺，世界集體經過一場硬戰。

疫情期間，世界經歷各種動盪變局，各國盤算每日的確診數字，臺灣因為連日加零躍升典範，Hey Taiwan can help，行口罩外交。人們戴上口罩，N95、雙面防護、日系小臉、韓式透氣，各種款式出門，在地鐵上保持安全的身體距離，迴避所有咳嗽與鼻涕的可疑來源。戴口罩的時候，才會注意到，捷運公車上其實人人都有一雙，疲倦的，無力的，被疫情猛烈毆打的眼睛。

大疫突襲，人們看著自己曾建立起的秩序，原來可以一瞬間就崩解癱瘓。於是再重新打基底，建立秩序，遠端工作辦法，遠距會議SOP，每個家戶其實也是一個指揮中心（Headquarter）。餐廳歇業，改做外送；公司關門，調整營運；人類貓居，學習一種更簡單的生活方式，把握時間，整理自己，認真地自我清理。

聽說疫情期間，聯誼停擺，結婚人數探底。我身邊倒是有許多朋友，下定決心，簡單登記，好像疫情實際邀請著，人類去回應生命中真正重要的，長年被擱置在一旁的所有問題。然後發現，似乎有些過往拚命追逐的事情，不再重要。

疫情期間，懶上粉底，不必擦口紅，有時甚至連眼妝都跟著省了，於是肌膚休息很長一段時間。因為去哪裡都戴上口罩，反而病毒遠離，頭好壯壯，很少生病；自然環境，經歷很長時間的無聲安靜，沒有人打擾，草木野蠻生長，看見綠地，動物復育，甚至漫步逛大街，如入無人之境。據說英國街道上出現了成群山羊，還有一則非常可愛的消息，來自《時代雜誌》報導，空拍機拍下澳洲大堡礁附近的雷恩島，超過六萬多隻綠蠵龜，正準備登島產卵。

人類的時間線停擺，動物的生育率直線攀升。這本來就是我們共有的土地。

經濟重挫再重挫，可污染排放量滑壘降低，日均碳排量減低17%，城市重返清新，大呼一口氣，好乾淨。於是想起來，我們其實已經好久，沒有與自然生活在一起。

二〇一五年《巴黎氣候協定》與會的世界各國約定「必須減少碳排放量」，被視為極大挑戰，長年無法推動的進程，總有不能犧牲的經濟與國際局勢考量，原來只要人類停止活動就能無痛達標。

疫情期間我常常在想，這或許是一個再誠摯不過的，由宇宙遞來的，給全人類的邀請——如果秩序可以重整，如果可以重新想像世界如何運行，那麼，你究竟想要怎麼過生活，你有什麼珍愛的事情，你有什麼期待的計畫，你想要怎麼成為這世界的一份子。

疫情期間的我呢，自然而然養成每天做瑜伽的習慣，讓身體在起床之後，第一件最重要的事情，就是自我照顧。習慣於自我照顧，那其實也就是每天告訴自己，你是重要的，你為自己做出要運動的承諾是值得感謝的。因為每天都要在家，所以更留意整理環境，清潔打掃，家於是在此時此刻，不再只是睡覺的旅店，而是多功能複合中心，每一種功能，都是回應著我的生命需要著什麼——閱讀，工作，運動，冥想，下廚，與愛的人共度時日。

疫情人類在家貓居，我們家最開心的當屬家貓虎吉。人類有更高頻率替他鏟屎，開罐罐，並創造更多撒嬌與共眠時間。然後人們呢，有感於分離心碎的可能，更願意即時表達愛，也更願意坦率分享愛——非常想念的時候，就與朋友線上視訊，只是簡單地問問彼此，最近過得好不好呢，都覺得心中好溫暖。

人原來是可以依靠愛，好好活下去的生物。

身邊有許多朋友在疫情期間當媽，生寶寶。寶寶在人疫之年降生，我總覺得呢，這段期間出生的寶寶們，體內自然會有面對無常改變的抗體，知道無常也是日常，大破於是能勇於大立，那是生命持續教我們的課題。

想念旅行，偶感寂寞的我，打開Google Map的實景功能，想像自己下一秒置身巴黎。疫情期間，人類大概會發現自己原來也挺有創意，可以打破慣性與信念系統。集體人類，用這個時間，更新了自己生命的作業系統，一起升級。

我們失去了許多，也學習了許多。

那也好像，就是生命不斷想要告訴我們的事情。

註：〈當這地球沒有花〉收錄於陳奕迅二〇〇〇年發出的專輯《Nothing really matters》，林夕作詞，寫世界變化，這首歌總是讓我想起疫情期間。我尤其喜歡裡頭的歌詞，「當赤道留住雪花，眼淚融掉細沙，你肯珍惜我嗎？」世界動盪之際，會更記得在乎的事情。

最好的時光

安溥用〈最好的時光〉拿下三十四屆金曲獎的最佳歌曲，上臺前，抱抱青峰，青峰很無聲地，眼淚流下來。我作為聽眾，啟動重複播放，讓那把聲音陪伴我一整個夜晚。那一首安溥十四歲寫下的歌，穿越時空，以及命運的熟成，撫慰幾十年後的我們。

幾乎可以用這首歌，為疫情慘淡的兩年作結——如果我們願意回頭看，這會不會，其實也是我們最好的時光。人類後退了，窩在家裡了，商業停擺了，自然自由了，植物生長了，動物喘息了，時間靜止而又重置，我們再活了一次。於是，終於在災難面前重新習得謙卑，在離別之際珍惜時間曾經照拂，在貓居期間明白渺小，而渺小很好很好。

安溥在慶功宴上說：「我的感恩跟激動，還是像個新人一樣。」笑自己好嫩哦。可是呢，我看了好喜歡，像個新人一樣，不只是角色上的，也是意義上的。無論我們可以成為誰，正在成為誰，最終成為了誰，無論我們走到幾歲，我們曾經擁有的，將來可能失去的，成為一個新人，都是給自己捎去的提醒。

一覺醒來，我還是新的。世界停擺之後，我還是新的。失敗挫折以後，我還是新的。像個新人一樣，去感動，去創造，去失敗，去受傷，去經驗，去打破，去臣服，去睜開眼睛，去張開五官，去經過生活。

於是我們在日日新之中，代謝一個，陳舊的自己。像安靜地蛻皮一樣。

前一年的平安夜，去了趟小巨蛋聽安溥，我跟一群人，過集體的聖誕。窩在遙

遠三樓，看不清楚字幕與面孔，卻感覺收到了安溥傳遞的每個樂音，訊息，以及表情。

這樣鬧騰的，彷彿一切即將重返昔日的一年，她說，期許我們心裡頭是有一點點安靜的。

說了好多次感謝，安溥總是一一唱名，肯定有人完成了我們所不能獨立完成的；她談十分榮幸，也談榮幸的代價，在各種變化之中，盡可能辨識自己。演唱會的背景有山海，有玫瑰，有萬象。她說，Rocker也哭的，今夜就讓眼淚去流。

不如，我們一起哭。

安溥在舞臺上美得很是謙卑，像是要投一個石子入池那樣地，去唱一首歌。於是聽眾能懷抱著漣漪回家。做一個有海的夢。

她說，此時此刻，會不會過去的我，有些未完成的部分，也召喚著今日的演出？於是潮水箴言，是十年以後，浪捲過來，抵達腳邊的漂流瓶——扭開來，過去現在與未來的非線性交錯之中，有一個你。有一個我。

我呢，抬起頭，閉上眼睛，想起首次聽安溥，在臺大藝術季。那時她還叫張懸，椰林大道，簡單架個舞臺，就可以開唱了。她素著一張臉，一把吉他，一開口，就有很乾淨的收留。一個人，千軍萬馬。

安溥的聲線自帶空間，時間敞開，於是我彷彿也聽到當年給自己的留言。從彼時到此刻，我知道你很努力，我非常非常感謝你，我非常非常愛你。

安溥的聽眾喊安可時，十足節制，於是她以〈兒歌〉，再以〈豔火〉作結，不停散落，不停拾獲，明天我們好好地過。那祝福也好像有海浪的樣子。

離場時人們好安靜，平安其實是不是，也就是心裡有著盛大的安靜。

那一刻，我們都感覺了，作為安溥歌迷的十分榮幸。

作為一個疫情過後的，活著的，站立著的人類，十分榮幸。

體會飄得很遠，我想像個新人一樣，去重新開始一盤遊戲。

我想像個新人一樣，在任何一個時刻，都可以下定決心，要再活一遍。

比如說，三十歲以後，我知道，再也寫不回當年二十五歲寫的字，無法再現那樣的張狂與浪漫。可是我也知道，每個時期的書寫都是當刻的真跡，其餘都是複寫或自我抄襲。

我知道二十歲有二十歲的戰鬥，三十歲有三十歲的征途，有價值觀的鬆動，有信念系統的淘汰，有丟失的關係，有留存的朋友，有攀過的群山，有跌過的水坑。我知道三十歲以後，我想去走別條路，用不同的方式行走度日。那並不是什麼回不去了，不過是我擁有過了，而我很珍惜。

我已經擁有的那些，也會支持我活得像新的一樣。

比方說，養了貓貓虎吉以後，我相信，虎吉可以教我許多。像是如何慢，如何鬆軟，如何堅持，如何建立關係，如何看重自己早已擁有的，近乎寶藏的一切。虎吉是我的貓，也是我的親愛朋友，他懂得要求他所值得的。人類也該如此。

他會用認真的眼神告訴我，他要一個罐罐，請給我一個罐罐。幸福不是沒有恐懼，而是明白罐罐就在貨運到來的路上。這是貓的直覺與心願。

許多事情有了以前與以後，中間的空隙，都是學習。那麼最好的時光會在哪裡呢，它出現了嗎，它經過了嗎，它還能重現嗎？此時此刻的我，是這麼想的——

最好的時光不是沒有傷害，而是穿越了傷害。
最好的時光不是沒有痛苦，而是理解了痛苦。
最好的時光不是總是幸福，而是珍視了幸福。
最好的時光不是總是明亮，而是記憶了明亮。
最好的時光，就是現在，就在我們呼吸著的此時此刻。

如果理想生活還在半路，開車比較快哦

三十三歲的我，已經決定——未來如果我有小孩，有一雙兒女，能寫家訓，我會說，我希望你幸福，我希望你自由，我希望你獨立，我希望你早一點，十八歲就去學會開車。

說出來不怕人笑話，三十歲前的我，沒想過要學開車。彼時，我的世界只有被載兩個字。被媽媽載，被男友載，被大眾交通工具載。並且我信任自己的雙腳，大腳走天下，沒什麼地方到不了。

三十歲以後，考了三次，才拿到駕照，總是在場內S型過彎壓線，直接被亮紅燈，扣分，逼逼下車——朋友已經笑我，再考不過，至少可以出一本書，叫做《四時駕訓班》。

我才不要，心裡大聲吶喊。

說實在的，想要開車，起因去年工作，接了汽車重點客戶的整年度行銷規畫。在分析用戶問卷，策畫面向女性的行銷角度的時候，幾乎也說服自己——開車是一種心安理得的自由，想出發，不必等誰來載。掌握方向盤，大概也有前路徐徐在掌心舒展開來的意象。

如果理想生活還在半路，那學會開車，可能會比較快抵達哦。

說實話呢，三十歲以前，我一直覺得這輩子就是副駕命了，簡稱被載的命。副駕也有副駕任務，要會看地圖，要耐心指路，若是公路旅行，最好要負責準備糧食飲料，偶爾要講點冷笑話或近期時事。況且我身邊的人，都願意並且喜歡開車，說實話，真輪不到我開。

而命運抵達，有時候以一種全然隨機方式。

去年第四季，趁著工作忙到一段落，前往嘉義旅行，友人開車接送，整趟旅行，由她開車上山，橫越市區，尋訪美食雞肉飯。我們做乘客的，忙什麼呢，忙著在車上唱歌，知道交給她帶路，我們誰也不必煩惱。

在前往天后宮的路上，暮色已暗，突然感覺，哇，自己也好想開車了，於是在前往的路途，朋友慫恿，報名了家附近的汽車駕訓班。人說天后宮靈驗——莫不是媽祖天眼看穿，明白我的生命也期待更多由自己掌舵的時候。媽祖保佑船隻航行平安，大概也會保佑我上路平安吧。

回臺北之後，我開始每天六點半起床，出門練車的日子。

上路去開車，起初心情很雀躍，從我家到駕訓班大概步行二十分鐘，駕訓班前三天，發現練車原來是一連串的背口訣。無法用概念理解的左邊轉一圈半，右邊轉半圈對到小紅花盆栽。內心充滿非常多的，莫名其妙。

人是這樣的，心裡一旦生了彆扭，就容易不順利。

剛開始練車很挫敗，覺得自己很笨，為什麼對大家來說這麼簡單的事情，對我來說這麼複雜，懷疑自己手眼協調到底有什麼問題——也沒辦法，只好認真練，練車的時候是冬天，有時候出門，天才剛剛要亮，感覺到自己很多很多的決心，當時也是工作特忙的最後一季，排隊等練車，順便回一排工作訊息。

第一次沒有考過，碎念自己粗心大意。第二次沒有考過，心想怎麼可能。一路考到夏天，戰戰兢兢，終於拿到駕照，覺得駕照一張紙小小的，握在手心裡感覺好輕，可是我花了好多力氣。

知道有些事情，必須要比別人都努力，才能得到。媽媽跟我說，覺得我的生命裡頭，需要深刻體會這樣的經驗。每個人都是這樣的，總有些事情，你需要比別人付出更多時間，才能擁有。如果明白這件事，你對於許多事，會有更深的同理。

拿到駕照以後，我已經開始想像，我開車載著朋友，載著虎吉出門兜風的樣子，那是我也沒想過的樣子。

這是一個從副駕連滾帶爬，靠著背誦口訣，終於爬到駕駛座的故事。

三十歲後的我，你活得很不錯呢。

想出發，不必等誰來載。
掌握方向盤，
大概也有前路徐徐在掌心舒展開來的意象。

Be like water

晨起閱讀，做瑜伽，接著泡湯——其實我覺得，怎麼過日子，就該怎麼過生日。生日呢，可以是我們所能想像的，一天最好樣子的體現。生日該當是，我們心目中的理想休日。

生日其實也是，我想慶祝我的出生，同時也為自己安排，往後的人生。

我把自己浸在熱湯裡，不吭一點聲，房間湯屋是半戶外池，會有光微微從木窗透進來，窗內流水聲，安靜地感覺自己慢慢暈開，成為水的一部分——水有各種型態，可以奔流，也可以停留，有很尖銳，亦有很溫煦的樣子。

今年老實說，覺得自己過得不太好。有很多事，悶在心裡頭，覺得沒有說出口的必要。泡在水裡頭的日子，讓我終於想起來，我還屬於一個更大一部分的什麼。我可以是水的一部分。

向水學習，跟水學習那種流動，那種恣意變化，成為各種形狀，be like water，在心裡頭許願，做我的生日願望。

一個人的生日，是感受生命祝福，並且接納生命課題的日子。有好幾年我總是許下大手大腳的，十足貪心的生日願望，有很長很長的完成列表與清單——要自己行路前往，要自己提氣跑快，為自己疊上一個個目標。

於是我總是在奔跑。總是拿了一個目標後，又嚮往著另一個目標，感覺人生是一場一直要衝刺與挑戰的漫長錦標賽。有時候回頭，發現自己跑了好久，十足賣力，風景很美，偶爾我沒允許自己停下來看，因為我總有下個里程，計秒前進。達標以後，還有下個里程碑。

今年第二季起始，我感覺更多時候，我很想很想蹲下來，嬰兒姿態，環抱自己，也想往內練一練基本功——其實以往跑快，說白了，我知道，肯定繞了些貪快的捷徑，暴力的截彎取直，我感覺我的生命嚮往著，並且也需要著更扎實的東西。

有些東西，我得要沿著路徑，往回頭，慢慢去補上那些空洞與空白，我才會感覺到生命應有的重量。

好像一棵樹，根基向下長的日子很慢，表面毫無動靜，我時而心急，也不習慣自己這麼慢，當然對自己多有責難。可生命有需要，難以抵抗。我也會想，樹的根基實是它的精神核心，會滋養它來日的生長抽芽——那樣的生長，會有破土並且瞬間突圍黑暗的力度與能耐。

一棵樹的底層，可以很深很深，更勝外頭枝椏繁茂，你不蹲下向內，可能也料想不到，一棵樹的本體，更多是它的根基累積。樹往深處長，人心也要向內，於是有地方可以安棲休息。

想起瑜伽老師某次語重心長，采岑啊，你要記得照顧你的心哦，無論如何。

我用人腦記憶抄寫下來，貼在心上的便利貼。

——

回想這一年，感覺人其實是能夠輕易感受到痛苦的。因為無法直面痛苦，否認痛苦，覺得痛苦沒有必要，不該存在，也容易忽略照顧自己的心。而我們最經常感受到的痛苦，就是事非我願——對於事情發展，失去掌控權，無能為力。

雖然痛苦啊，不過接納實相的當刻，其實我們也正在轉化痛苦——然後呢，你接受它存在，也不代表你要喜歡它。你只是看見它在而已。

最近幾期上瑜伽課，搭配一本跟修行有關的書閱讀，書裡談感知與覺察，談人生來多有妄念，妄念讓我們活在幻象，也不斷鞏固既有信念系統，有時候就像隻不斷踩著輪子，以為自己有在前進的小倉鼠；慢慢意識到煩惱的源頭，來自於我們根本不想有任何煩惱；也鍛鍊看事情帶著一種幽默視角，同時對自己保有慈悲。

也慢慢開始練習靜坐。練習靜坐時，老師說，就好像，現在你可能忍不住會想順個頭髮，或是這裡抓癢，那裡身體扭動，其實那也是最小程度的事非我願。如果你曾經在你的身體裡感受過，知道這是怎麼回事，就可以慢慢養成面對它的信心。

或許，身為人類，我們最大的痛苦本身，其實是對痛苦的抗拒。我讀的那本書，裡頭是這樣建議的——將痛苦的情緒吸入胸中，再將之呼氣吐出，讓心成為一個更寬大的覺察容器，並在這個容器裡去經驗煩惱。

於是我們會清楚明白，煩惱確實存在，不過煩惱並不是我。

下午逛展，展覽談的是《感知現場》。其實你說宇宙這麼奇妙，有時候你在想著什麼，遇到的經驗看起來也就像是什麼。策展是藝術與建築聯手，藝術家妙用材料，去改變整個空間的狀態與平面，於是整個場所變得有機起來，你一個揮手撫動，有機會與全場所有人共感同情，不必去看，而是用整副身體去經驗。

其實想想，那也好像是心的容器，我們感知與選擇回應的，決定了我們所處的現實。

心若是開闊了，有新的空氣會進來。我告訴自己，也這麼相信。並且感覺，彷彿整個宇宙都在聯手，給予我放寬心的訊息。

回頭想想那年，第二本書出版，《四時瑜伽》，副標工作狂的休息筆記，也是我今年預言與練習重點。寫作是誠實整理，肯定跟生命階段貼得很近，也慶幸書能成為其他人書櫃床頭的寶物，那樣的能量讓我覺得層層推展，就像海浪一樣，可以去到我想不到的地方。

而我其實足夠幸運，有豐富的各路資源，有充滿願力的團隊，無論工作或出版，有總能給我提點的老師，有支持的家人，也有同路友伴，有自己願意努力。

我跟自己說，像水一樣，水是一個循環，循環沒有好壞高下；循環即是自然，也持續向內，去補充，去觀看，讓循環充滿樂趣地走完，再來一圈。

清掃這件事

你有沒有過這樣的經驗呢，待在喜歡的空間裡，視線循著光的腳步，灑落在乾淨的地板上，便覺心裡烏雲飄散，無所罣礙。心裡冒出一個聲音——啊，家裡好乾淨哦。

我喜歡的法國建築師柯比意說：「空間、陽光、整潔，這些是生活中需要的，與食物和床一樣重要。」當我們能住在這樣的建築空間裡，就能感覺到被深深滋養與補氣。而最常見的建築，就是人的生活居所。

生活居所要有陽光的流瀉，要有呼吸空間，也要保持乾淨整潔，那麼，一個人的生活居所，也會是一個人最好的休息場所。

我是這麼相信的，一個人的生活居所，也是他內在世界的誠實顯現。外在空間跟內在情緒經常巧妙相連，究竟是清爽或雜亂，透過整理環境，會看得明明白白。更多時候，掃除也是清理內心長年淤積，若能清理，自會感覺內外都明亮起來。

比方說，有這麼些忙碌的時候，難免把自己活得凌亂，活得毫無知覺。遠端做瑜伽，連線時，老師看了下家內環境，就提醒我，采岑啊，後方的衣櫃，層層疊疊，好像也反映出了你的階段狀態哦——回頭看看當時的自己，確實就是各種忙亂與爆炸。

房間狀態就跟攤開歌單與書單一樣，赤裸到不行。

整潔的住屋自帶能量，也是最好的減壓空間——那是一個，容許我們放下警戒防備，在裡頭放鬆、癱軟、感覺安全的空間。人在這樣的空間裡，會得到「我可以休息哦」的暗示。人總是要有這樣的地方，當你一踏進去，就覺得，我可以卸下所有的防備。

於是近期一天的開始，從打掃起始。疫情貓居，每日在家，打掃變得重要。年紀大以後，好像也越來越喜歡清掃，單純的清掃，讓身心都清爽一點。以前說實在的，覺得掃除十分無聊，掃了明明又會髒掉，現在覺得掃除，這樣重複的，日常勞動，反而讓人感覺特別安心。

那是我們用身體力行，維持家的秩序。

夏日來臨，我起得早，洗漱，充滿期待，跑到客廳，開始澆花、擦桌子、吸地板，有時也借助掃地機器人的科技神力，接著更衣做瑜伽。我喜歡早晨清爽開始，有身體鍛鍊，也有日常勞動，兩者都召喚著心的晴朗。

一直覺得，掃除的本質是，我們反覆練習，惜時愛物，珍視擁有的物品，願費心思，為其拋光打亮——我感覺那樣的反覆裡頭，有對物品的善待心意。

說到頭來，掃除時間不僅是日常儀式，也是自我照顧的最好方式。

生命中都曾經歷這樣的時間，提不起勁的時候，忙碌燒腦的時候，攪成一團的時候，這種時候特別適合打掃，拂去灰塵、掃去髒污，像打通任督二脈，心也會跟著明亮起來哦。我常對自己這麼說。

深信不疑，每個人的人生都需要不只一次大清掃，掃除時間，也是整理自己階段人生最好的方式。心有煩惱，就去打掃。立刻，馬上。

掃完就覺得，沒有，我沒有這麼重要，我的煩惱也是。我的煩惱就像是，冰箱上的一點污漬，地板上的一根頭髮，最終會被看見，理解，之後清理掉。

近期看德國導演文·溫德斯的新作《我的完美日常》，由役所廣司飾演的主角，是一名東京公廁的清潔工，用近乎虔誠的心情打掃每間廁所。他的同事問過他，何必這麼認真呢，反正隔天又會髒亂的事情。他笑而不答。看電影的過程，我有種感覺如此，幸福就是重複，不厭其煩地重複。打掃就是體現這件事情最直接的一種勞動行為。

在另一個訪談裡頭，看到陳珊妮談清掃，她是這麼說的：「我是堅持一定要自理家務的人，維持日常勞動非常重要，有助於思考時間分配，所有繁雜的瑣事對於人生經營都會很有幫助。」

點頭點頭再點頭。早晨打掃，甚至時時刻刻的日常勞動，就像當代充滿速度感的生活底下，靜靜喘息的魔法。

早晨起來，就先從整理家裡開始，那麼每一天，都能感覺到，今天又是全新的一天。今天又是願意努力的一天。

幸福就是重複，不厭其煩地重複。
打掃就是體現這件事情最直接的一種勞動行為。

成家的想像

在臺北生活很長一段時間，住過後山埤三坪小套房，待過大安分租公寓，三年前從萬隆離開，斜切整個臺北，搬入目前的兩層樓住家。鄰近松山機場，有飛機起降的時刻旅行感；住家步行十分鐘，還有濱江市場與上引水產，食物充盈，熱鬧煙火氣。生活的一切，其實就我的經驗，常常是從笨手笨腳地理解菜價與討價還價地買菜開始。

家庭生活是你從外頭拿回來一些，然後在家裡頭孵出來一些。住在這裡的時候，我總是感覺，生活介於離開與回來之間。離開的時候想家，而回來的時候想要離家。

好像家的概念，反而在這樣的思想移動中，漸漸鮮明起來。家於是成為所有家人室友們，甚至貓咪的，想像的共同體。

近期因為朋友到訪，突然想起來，我們家呢，除了樓中樓，其實還有個乾淨明亮的天臺呢。

右邊望過去，可以見到飛機從松山機場起降，還有臺灣住宅區標誌性的鐵皮屋頂，若是傍晚上樓，夕陽落山，會把整片天空染成一片橙紅，觀者久久不能言語。夕陽漸漸西沉，接棒的，還有整座城市依然亮著的燈光——像《你的名字》裡的附魔時刻。

那是家的延伸與擴充，原來我的日常生活頭頂上，有如此開闊奔放，變化著的風景。如果我願意停下來，我會越來越明白，生活的美，是不是，並不需要去到遠方。

比如說那一天，我們在陽臺鋪兩張野餐墊，聊天，錄製實驗中的podcast，反覆收錄進飛機旅行的雜音。太陽漸落，在我們身後暈成一大片紅色，友人驚呼說真漂亮。那一刻突然感覺自己像被陽光烘著的春梅，正在結實與健康。

也知道自己擁有著的，時而會被自己輕忽與怠慢，以為這是自然而然。提醒自己，記得收藏。

——

家的經驗，也不斷變化著，回應著人生的階段狀態。

我二十幾歲的家，是一個現正摸索中的正常凌亂，書散落一地，衣櫃有許多嘗試風格的衣服。當時的家坪數小，可以運用的空間有限，人卻很貪心，這也自然，我人還在長大嘛對不對，我的家當然也是——於是走到家裡時，收到的是奔放的，散亂的，請等等，我正在嘗試中的訊息。

然後人肯定呢，流連過適合與不適合自己的地方，知道自己適合跟室友同住還是適合獨居，需要多大的空間配置，家裡什麼東西是不能割捨的，什麼東西又是有討論空間的，那家於是在想像與實踐之間，慢慢落成。

確實是三十歲以後，對於家的想像漸趨明確，要乾淨明亮有窗，要有大書櫃運動間，要有舒服的睡房；因為心裡有充實的富足感，也不再覺得自己需要擁有這麼多的身外之物，我於是開始拍賣起自己的衣櫃與書櫃，定期做物件流動，讓自己能時時盤點自己擁有什麼，什麼又應該開始分享。

有時候會想，成家的「成」的意思，到底是什麼呢？是成立（found）家如成立一間公司，還是成就（accomplish），又或是成為（be）——無論我們選擇什麼樣的動詞，大概都會影響我們跟家之間的關係。

我希望我的家，總是能有餘裕的，有空間的，有呼吸的，有變化的。

我希望我的家，有我想照看的事物，想照顧的人與貓貓。讓我在一早醒來感覺到幸福，讓我在晚上入眠時，感覺到安穩。

若能如此，那就是家了，哪裡都可以的。

近期一則關於家的趣事如此。

室友預計出差一個月，第一個想到的問題是——那麼，家裡的植物該由誰照顧。於是呢，忙進忙出地，在客廳架了兩盞植物燈，給家裡的兩株龜背芋，足夠光照，才能好好長大。植物燈調控，跟手機App連動，於是遠端也能直接關照植物光照狀態。

然後看他仔細地，在植物盆栽處貼便利貼，三到五天澆水一次，七到十天澆水一次，出門前一刻還叨念，要是回來植物死光了怎麼辦。若遇颱風天，遠端連線，問的不是室友是否平安，而是請問我的植物都還好嗎？光照都夠嗎？

簡直是跟照顧寶寶近似的心意。

人類世界少子化，於是部分的愛轉移到寵物，貓貓狗狗鳥兒爬蟲類；也轉移到植物，龜背芋虎尾蘭琴葉榕天堂鳥，甚至呢，有一說最新流行的寵物是芒果核，替它梳毛，用愛照料，芒果核會長得更好。無負擔的愛。無條件的愛。能夠負擔範圍裡頭的愛。

說到頭來，大家都需要愛的。

家也大概是我們最可能感受到，也最可能付出愛的其中一個地方。

那麼複雜，那麼簡單。

心願

立冬上山，苗栗山區，沒有光害的晚上，抬頭是滿空星星。我有多久沒有看過星星呢，管家指著最亮那顆說，那是木星喔，木星呢，是幸運被放大的那顆星。當時，我們剛寫完滿滿一張生命願望，交托篝火，於是有一種願望被宇宙慢慢聽見的感覺。心裡所願，上達天聽。我低頭看了一下手寫的願望，覺得自己的心願，樸實而堅定。我開始繼續想，我有沒有走在，我生命企求想前往的道路上呢？

週五從臺北城出發，兩小時車程，前往苗栗三義。是第二次參加瑜伽老師帶領的阿育吠陀僻靜修行，因此心裡很篤定，自己會在過程中好好整頓，與感覺被照顧——其實每次參加僻靜，我都感覺期間的日出而行，日落而息，會不會是我更嚮往的生活方式，專注在身體覺受，與每一個當下，感覺已心滿意足，身心平靜。

沒有想要追求什麼，也沒有想要逃離什麼。

不過，日常充滿誘惑，所以很困難對不對。老師笑著跟全班說。比方說，一些難以戒除的，明明正在傷害自己的習慣——滑手機、報復性熬夜、吃會慢性傷害自己身體的食物；又比如說，一些無意識的迴圈，因此總是逃脫不出生命的某種重複輪迴。老師總是慢慢地說，去觀察，僅只是觀察而已，沒有評價。練習中道，沒有過度，沒有缺少。

觀察就已經是愛的本身。

人經常是這樣的，身體的觸覺未能觀察到，就衍生出感受；感受未能觀察到，就衍生出想法。想法一層兩層三層念想，因此多數時候，我們都距離這個當下當刻非常遙遠。活在當下是什麼意思呢，其實就是觀察身體的觸覺，先從願意觀察身體觸覺開始。於是我們在僻靜營，練習靜坐，先專注地與自己在一起。

立冬的僻靜主題是認識自己，想起以前學過，阿波羅神廟門廳前銘刻著的Know Thyself（yourself）字樣箴言。以阿育吠陀的飲食與生活型態為核，日出起床，日落休息，中間練習瑜伽，靜坐，跟自己相處，吃非常滋養的原型食物，練習呼吸法。

阿育吠陀的邏輯是空生風，風生火，火生水，水生土，一個人的身上呢，都帶有這些外在環境的元素。因此，風型人移動快速，想法敏捷，自由自在，也容易受他人影響，而心生焦慮憂煩；火型人結構穩，速度快，邏輯強，也像火一樣，易燃易炸，情緒容易沸騰達到憤怒燃點；水土型人有容乃大，包容寬厚，有溫柔的特質，也易生惰性懶散。風型火型水土型，既與外在環境相應，也各自有合適的自我照顧辦法——最簡單的就是感覺，一個行為之後，身體的感受是什麼？

試著去辨別你喜歡的，與你真正需要的，之間有沒有分別。心裡想著吃甜，而甜味真正下肚，可能反而身體卻覺得負擔。那就是應該停止與調整行為的時候。

如果我們願意觀察，身體其實十分樂意給我們線索。

僻靜期間，有很多空白，看山區被樹木環抱，有時抬頭望樹，會感覺它們是不是也想張口跟我說話——我們也像觀察樹葉枝椏，根莖樹幹，那樣地去觀察自己的信念系統與既定迴路。有資糧的時候，決定換一條路走；沒有資糧的時候，就去養自己內在空間。其實生命能不能往前，也還是要看自力意願，想不想去理解自己的樹根深處。

我在早上醒來，天剛亮，舀一湯匙椰子油，油漱，晾著腳丫，躺在躺椅上，仰頭看日光樹影，有風吹來，側看三隻橘貓奔跑，吃很有能量的原型食物，身體感覺很輕很好。覺得自己像是風雨，也像星辰。

心裡突然有種篤定，自己也已經完成許多，可以放鬆一點，用另一種可能去生活與經驗。這是忙碌的時節裡，很需要提供出來給自己與他人的訊息。

慶幸有非常好的同學友伴們一起出發上山，生命中總有映照，總能連結，總可分享，總有膽懼，總會接納，慶幸是這麼有意願的我們，一起出發去看一看生命的樹根。

也因此，我們終究會在彼此的眼睛裡看見，獨特可愛的就是我們正在經驗的分分秒秒，以及生命本身。

生命中總有映照，總能連結，總可分享，
總有膽懼，總會接納。

魔女

她一張開手，一群白鴿從斜後方四十五度角飛過，白鴿振翅撬動一只盆栽，盆栽落地，砸下來的角度，精準地避開，她漂亮傾斜的後腦勺，連她繫著一只黑色蝴蝶結的馬尾，都沒擦到一點邊。她知道這世界不會傷害她。

沒什麼道理，她就是知道，傷害她的永遠是別的東西。

第一次跟母親學習編織，她才九歲，小手拿紡紗，略顯吃力。織毯上有另一種語言與感官體驗，母親這樣告訴她，用你的心感受，用你的意念傳遞，最後用你的手回應，你的身體將是你永恆的樂器。她一回神，織毯上已經織滿一千零一夜，寫下整個世紀的寓言。她預言，我們將會目睹一場世界大戰，除非，除非，人類改掉自大的脾性，爭奪輸贏的命運。

十三歲那年，胯下有血留下來，暗紅色的血滑落到她的腳邊，在地毯上造出一片胭脂花瓣。她以為自己受傷，感覺到的卻不是痛而是力量，她將內褲脫下來，攤給媽媽看，才知道原來每個月都會流出來的血叫做月經。哇，她的身體裡有一個巧克力製造工廠，可以生產所有甜美的事情。生產線上阡陌縱橫，媽媽說，妳的胯下有一條道路，歡迎光臨，請允許所有的愉悅進去，只有妳可以放行。

她喜歡光著腳走路，她總是可以發現路上有動物，蜥蜴、烏龜或許松鼠，她聽得見樹木花草與她說話共情，宇宙之間充滿如繁星的訊息。她身上有一塊鹿角的胎記，每當氣象變化的時候，她感覺得到動物的無聲膽懼。無事可做的時候，她跟她的小白鴿待在一起，閉上眼睛，傳訊出去，等待世界如雲朵般的回音。

她喜歡扮裝，善於偽裝，眼影口紅，眉粉腮紅，蕾絲高領，珍珠項鍊，黑色洋裝，金扣耳環。她知道她可以有許多種樣子，鏡射出去，收攏回來，也全是她自己，她是輻射點的中心。她喜歡觸摸建築物的紋理，像觸摸著自己的漂亮外衣，石材的裏層，是歷史的肌膚，收留上個世代的聲音與記憶。她模擬世界生態，把自己比作俄羅斯娃娃，一套一套還有一套，一層一層還有一層。

她因為許多事情掉過眼淚，她抽泣嗚咽，眉頭皺起，眼淚落下，成為冰晶，自此她知道自己可以調動雲海，呼風喚雨，於是開始珍惜自己哭的頻率，確保自己的眼淚非常真心。眼淚是珍珠，是禮物，是痕跡。

她十足乖巧但不合群，她善解人意卻不勉強自己，她充滿靈感而從不喧譁，她知道世界上充滿複製出來的贗品，與巨大的模仿，於是她特別喜歡，那些第一次誕生出來的物事，比如說，白鴿初生的幼崽，她身體發出的嘆息。

她因為能夠表達，因此許多人叫她乖乖閉嘴。不說話的時候，她不著急，她側耳傾聽，革命可以十分安靜。從一顆石頭的碎裂縫隙，幾株林木的根莖鬆動，一隻白鴿飛過抖動翅膀，捲動風塵，淋濕土壤，直至整座山崩滾落，掩埋嘈雜人聲與那個時代，幾千年後，成為一座座莊嚴的石面，落成建築，只有靠得非常近的時候會聽見——噓，有人在說話。語言有太多種型態，憤怒則有一千種表情與言語。

她的曾祖母告訴她的祖母，她的祖母告訴她的母親，她的母親告訴她，意念是妳最強大的魔法，表達是妳最誠懇的武器。她編織完自己的故事，在市集上兜售那張華麗地毯，高價售出，並且決定，她要為自己再活一次。

她走進人群，直到誰也看不見她的背影，以及她馬尾上的黑色蝴蝶結。小白鴿即將降落，她把自己的內裡清空，故事又將重寫一次。

看完五十嵐大介的《魔女》有感，查資料，《魔女》是五十嵐大介移居到岩手縣深山裡的村子，日夜農耕，自理旱田水田，與自然為伍情境下，畫出來的漫畫。當時他同時畫了《小森時光》與《魔女》，一個極其安靜，一個極端魔幻，兩個都是他的生命所獲。

他說漫畫這回事呢，是讓讀者讀完之後，才始稱完成的。於是書以回應，回想女人的一生，充滿各式各樣的魔法，我們大概個個也都是魔女吧。只是我們長大過程中，漸漸忘了。

輯二

叫你親愛的

「想和你好好地在一起，
無論晴天雨日，無論太陽月亮。」

生孩子是一場媽式搖滾

「完美的愛？」

「不是啦。再怎麼說我也不至於這樣要求啊。我所追求的只是純粹的任性。完全的任性。例如說我現在向你說我想吃草莓蛋糕，於是你把一切都放下跑去買，並且呼呼地喘著氣回來說：『嗨，Midori，草莓蛋糕噢。』並遞過來，於是我說：『嗯，我已經不想吃這個了。』然後把它從窗子往外一扔丟掉。我所追求的就是這樣的東西。」——村上春樹《挪威的森林》

草莓蛋糕上桌，瞬間感覺非常村上春樹。一個情節，足以霸佔一個蛋糕的記憶，不過說真的，這樣的蛋糕，沒有誰捨得真的扔到窗外，必須塞到嘴裡才行。

臺中，下午咖啡店，地方媽媽的久違放風，點冰茶，面向蓬鬆的蛋糕，水果戚風，草莓伯爵，對面的C露出非常少女的表情——實情是，咬下草莓蛋糕的瞬間，我們誰也都是少女，十分甜蜜。

懷胎十月，孕婦產婦媽媽，女人的名字在一年間有許多變化。C說自己的孩子生來像她，個性很淡定，然後呢，就是頭比較大，所以剖腹生的。不就跟你一樣嗎，高中老同學十幾年，肯定要吐槽的。

剖腹生產是什麼概念，C直到生產前依然沒有明確想法，就是帶著害怕去生，發現生完居然沒有想像可怕——其實想想挺新鮮的啊，是我這輩子動的第一個刀。孩子出世的行動路線，在C的肚皮上，留下很淡很淡的疤。

無論從肚腹或產道出來，其實都是生命的陌生。C說生孩子她也很怕的那一刻，我心裡感覺一陣安慰。怕也無所謂的，C帶著害怕完成人生許多大小事情。抱到小孩子的那一刻，我問她覺得怎麼樣，嗯就是這樣啊，覺得生出來了。有點奇妙地想著，這是我的孩子呢。是我的孩子，有一天也不是我的孩子。

想到過去的二〇二二年，好像是個生產年，朋友輪番接力，一一生產去了。聽過另個朋友形容生產——像運動選手完成一場長途馬拉松，全神貫注，衝過終點那一刻，其實人會非常安靜，沒有狂喜或流淚，反而是心裡淡淡慶幸，啊完成了，我真是不錯。當然手按減痛，那還是必須的，媽媽們一致點頭。

坐我旁邊的，也尚未生產的N說有沒有可能，一邊聽AirPods一邊生產，會不會好一點啊？我開始思考什麼音樂適合生產呢，首先想到皇后合唱團〈I want to break free〉，生孩子就是一場媽式搖滾。I want, I want, I want to break free。

搖滾的還在生小孩以後，生產不過是重拍前奏，比方說餵母乳，乳腺堵塞如堵車；比方說夜間輪班，調度睡眠的航線；比方說教養安排，我才知道寶寶出生兩個月，大色盲，大近視，世界裡只有光的呼吸。好詩意哦，才想想就被媽媽打斷，C說寶寶四個小時餓一次，所以一天中就此拆成六個小節。

當媽媽，人就瞬間務實了，時間變成一個個格子，這個格子得做什麼，那個格子得準備什麼。於是所有做媽的，都覺得自己也是寶寶ＰＭ——寶寶確實是計畫十月，生下來的重點產品呀。然後呢，也要盤點資源，孩子生了，財源跟著滾滾來。

產品上市後，還有售後服務的教養問題呢——該怎麼養小孩，才可以避免自己曾經作為小孩的種種惡夢重演。有些家庭瘋狂閱讀，有些家庭用養植物的方式讓孩子生長，而Ｃ教養看淡，明白孩子有自己生命，說與其看寶寶不如看我吧，約我出門。我想出門。

簡直改寫李維菁那一句經典名言——帶我出門，用老派的方式約我，在我搞定寶寶之後，你約幾次，我都會點頭。

我身邊好多很棒很棒的女人，都去做媽了。

我總是聽，用崇拜眼神，見我身邊的少女母親們，彷彿我的恐懼，有機會乘著對話的尾音飛遠，她們向我展示，承擔也有各種樣子。不必為母則強，只不過是許多時候，我們體內其實有好多能耐，而且身邊的支持網絡，常比我們以為的更多。

世界上或許沒有完美的愛，也不必有完美的母親。可是啊，有一群把一切都暫時放下，挺挺站著，懷胎十月，把孩子給穩穩生出來的女人們。

吶，親愛的寶寶們，你們啊，是被我身邊這群很棒的女人生出來的喔。不必算紫微斗數，不必看人類圖，不必測MBTI，我就能確信，你們的未來一定燦亮。

說到寶寶，寶寶是從產道出來的，可影響的生命不只有女人。還有男人們。

身邊朋友，孩子出生，一個昔日迷鞋的大男孩瞬間把手機螢幕換成寶寶睡顏。又或是我的健身教練，從前聊的是電影，現在硬舉深蹲，聊的話題是要把小孩送去托兒所啦，好捨不得哦，必須要趁寶寶兩歲前，趕緊帶出國玩——寶寶沒記憶怎麼辦？啊，重點不是寶寶記憶，而是我們作為父母帶孩子出國的記憶啊。

關於寶寶與男人們，還想到一則喜歡的故事。電視劇《浴血黑幫》第一季，冷調硬派，一路精準，情緒緊湊地演到第六集，有場一觸即發的槍戰。

倫敦伯明罕的街區，街頭男人們，高高舉起手上傢伙，寡不敵眾，一個打三個，亮出機關槍，決定拚個你死我活，總之命跟明天，我們通通也不要了。

而黑幫雪爾比家族的小女兒，一身喪服，黑衣黑帽黑面紗，推著嬰兒車，安靜地走到槍戰開火之間——嬰兒在哭，她朗聲說，你們都是上過法國戰場的人，你們知道今天過後會怎麼樣，想想今天以後，誰會為了你們穿著喪服悼念，誰會為你們哭。你們要開戰，我阻止不了，但我跟這個寶寶，不會離開。一句話帥氣，要打可以，Over my dead body的意思。

箭在弦上，嬰兒哭啼，突然全體冷靜下來。寶寶呢，是愛的體現，軟化男人高舉槍枝的手，終止了戰爭。

有時候呢，我忍不住這樣想，寶寶的出生，大概也拯救了全世界吧。

Get婚

偶然看到朋友結婚動態，上面寫著，走吧走吧我們一起去Get婚，臺語巧妙英譯，再tag身分由男友轉換為丈夫的那人，配上一張穿輕婚紗與皮衣，帥氣騎上老牌摩托車的婚紗照片。咻咻，Get婚上路，十分可愛。

不是誰娶誰嫁，不是誰給誰幸福，誰為誰負責，不是誰主誰從的關係，而是一起去Get婚——婚姻是一個漫漫人生旅途，可以選擇靠近與抵達的其中一個地方，而我們決定好啦，要一起走過去，或騎老牌摩托車過去。喜歡這樣的心態及語言，裡頭有一種平等與民主，還有一點莊重的隨性。

一個人對於婚姻的態度，跟自己的原生家庭根莖相連，相生相伴。從小熟悉的婚姻進行式畫面，大概已經被孩子截圖留存歸檔，成為被問到婚姻的第一個直覺膝跳反應。於是我有好長一段時間，十分堅定，並且近乎固執地相信，我呢，是一個沒有要結婚的人，並且對於過於浪漫化的結婚誓詞十分感冒。記得哪次聽到某世紀婚禮的交換誓詞，我負責賺錢養家，你負責貌美如花——心中警鈴大作，這不分明是一個請給我乖乖待在家漂亮就好的家務分配與容貌管理暗示嗎，內心湧起一團熊熊怒火。

總而言之，我一直好喜歡戀愛，而坦白說，始終不知道結婚對我的意義是什麼。結婚對我而言，沒有與幸福相通的，自然而然的等號，連結許多的反而是其他複雜的情緒與責任，婚姻之於我，是一個問號的形狀，我心裡有許多彆扭，只好一一懇切地與交往對象，從頭說起——我說我怕，我不想，我不渴望。然後我有很長一段時間，不討論這件事。

話是這麼說，當過兩次伴娘的我，在婚禮上也經常紅著鼻子，哭成老淚縱橫。

心裡想著我認識的新娘子，這麼好的一個人，即將要跟另外一個她選擇的，也很好的人，組隊打怪了。於是人生很難，他們卻不怕，看著彼此的眼睛，對婚姻充滿相信，感覺往後雨日，也都將為他們的愛情放晴。

我每次掉下眼淚的時候都會發現，其實我是心生羨慕，被那樣的確定給打動。

說到頭來，我想我不是不信任婚姻，而是不信任自己有機會，創造出讓我持續幸福的婚姻狀態。我那麼恐懼，那麼不安，與其說是對伴侶的，不如說是我對自己投下的，一張反對票。我的恐懼立體鮮明，而當我繼續往恐懼的深處探勘，我發現我的恐懼裡頭，還是藏著我的渴望——十分希望被理解明白，十分渴望有那樣子不帶任何條件交換的關係。說穿了，我只是擔心自己創造不出來，也回應不了自己想要的幸福，沒有十足的把握，所以我說我不要。

看是看到了，正視自己的恐懼裡頭，也有著明亮的渴望，是一件需要勇氣的事。

某天冬日，一夥人，去吃燒烤。桌上有兩對夫婦，其中一人丟直球問，你們想結婚嗎？閃躲回應，再丟變化系直球，不然我來說說自己結婚之後的改變好了。對啊，問為什麼不結婚，不如問為什麼要結婚。為什麼。

那人一直是有著大男孩印象的人，結婚兩年後有了孩子，徹底成為一個老爸，手機桌面換上孩子笑顏，孩子今年三歲。結婚生子之前與之後，他像是兩個人類，擁有兩段迥異的人生。

他說，結婚啊，是一個人在生死交關之際，知道自己是被照顧著的，那樣的踏實確信。前陣子他因為急性盲腸炎送醫開刀，麻醉前，請太太來幫忙簽同意書，心裡十分安心，自己有一張穩固的支持網絡，「那是因為你太太很好呢。」我笑著回應，他說是的。那是一個可以為我簽字的人，我結婚呢，就是授權給她。結婚對他而言很務實的，與許多簽字合約相關，需要簽字的都是人生重要大事，多了一個親近的，可以共同決定的家人，禍福與共。

另一對現場夫婦，倒是看得輕鬆寫意。結婚呢，就是擁有一個能跟你在世界一起玩耍，面向挑戰的隊友，你們互相為彼此撐腰，替彼此擔保。兼以財產共同持有，資產的共享，另類的合夥，用槓桿的力度，做人生的投資。

自從有談戀愛的記憶以來，我盡量希望跟伴侶同居生活，一起打掃，一起買菜，一起煮飯，一起臥床，一起養貓，我想那也是我一次次的，面向婚姻關係的回應與練習。我想知道跟一個人相依為命，可以是什麼意思，又會是什麼感覺。

三十幾歲以後，你要結婚嗎，這個問句出現的頻率直線上升。我把握每一次自我表達的機會，說明自己，也去問對方，結婚正為他們創造了什麼——讓我最安慰的，大概是好幾位夫妻也回答不上來，微笑著告訴我，他們正在用他們的選擇去回應，從來也沒什麼標準答案或是正途大道。

那樣的安慰是，很多時候，我們並不知道，也從不阻止我們前往。許多時候更是因為，就是因為不知道，才想一起去看看。

此時此刻，我依然相信人生這麼長，要不要結婚就像選擇要不要造訪一個國家。若要循線前往，那要買機票，確認護照，換外幣與登機證，事前所有準備，是因為在那個地方，那條道路上，有自己在乎的風景。於是即便知道那條道路有不明媚的可能，依然要出發，牽著旅伴的手。

就像造訪一個國家，你不知道，里斯本會不會下雨，巴黎會不會有鼠患，東京是不是太過旅客擁擠，可是那也並不阻止你前往。如果我們可以享受旅行途中的不知道，大概也會願意享受生命中的不知道。我這麼跟自己說。

可能真有這麼一天，可能沒有，無論如何，我想我大概會帶著我的渴望與恐懼出發，也借用朋友的求婚詞彙一用——我們去Get婚吧！親愛的，請你跟我一起創造，我們想要的婚姻關係。一輩子，一起玩。

床邊故事

這幾年，沒生小孩，倒是當了些可愛寶寶的乾媽。

為了要買寶寶新生與滿月禮物，加入媽媽團購社群，好像得以用一種無痛輕盈的方式，遠遠地，體驗媽媽正在經驗的。有一種先修體驗班的錯覺，知道生產再痛，痛不過餵母奶，餵母奶再痛，痛不過夜不成寐。好想睡覺好想睡覺好想睡覺哦，我身邊的媽媽朋友們，掛著兩輪重重的黑眼圈跟我說。

然後想到的是，有一天呢，我要來說床邊故事給寶寶聽。床邊故事是經驗繼承，講述的過程是對寶寶們展現，世界是如何被創造的。

第一個想說的就是呢，寶寶呀，你知道自己是怎麼誕生的嗎？

床邊故事第一則。

啊你知道嗎，乾媽小時候聽過的論述是長這樣的哦——受精卵的生成，是因為在那一瞬間，有隻特別英勇，游得特別快，尤其身強體壯的精子，先行達陣，抵達卵子，並且受到了卵子青睞，於是受精卵出現。那是競爭的，廝殺的，單一英雄的敘事，王子與公子的求偶，在女人的身體裡頭，如戰場一樣發生。

大概很小的時候，乾媽心裡就想，恐怕不是這樣吧。英雄式的求偶，總不會連在受精現場都是如此吧，後來呢，乾媽讀到另一個研究。

研究說呢，其實「那個精子」穿過卵子壁純屬偶然，實屬運氣。在它穿越之前，有好多好多精子攢動，碰撞著卵子壁外。而那個精子不過是幸運，在合適的瞬間，進入了卵子壁內。

於是呢，受精卵的生成，更像是一種眾志成城，一種齊心一力，接近一種群眾募資的概念。精子們是一個團隊，不在乎最後進去的是誰。它們知道自己已經完成任務了。

接著呢，受精卵在媽媽的肚子裡，經過十個月的夏秋春冬，成為了一個寶寶你喲。

這樣的視角很可愛。我感覺，也更像這時代生活的樣子。勝利是複數的，英雄是集體的，從競爭思維到共好思維，從單一造神到集體主義，我們會開始去想，如果我是從這樣的受精卵長大的，那麼，我的成功是不是也因為有著太多人的幫忙；我的失敗如果在可控的跌倒範圍，是不是也因為有許多人的即刻救援，甘願當作我的軟墊，借我靠一下。

如果能這麼想，這樣長大，我們是不是也會覺得，自己的生命沒有這麼孤單。自己不是非得要在人生這條路上贏才可以。

親愛的寶寶，你知道寶寶是怎麼誕生的嗎？讓乾媽說給你聽。寶寶的誕生啊，是一種群眾募資哦。

所以呀，你的出生，從源頭的一開始，就有一群團隊一起努力著，祝福著。未來長大的過程中，如果有覺得辛苦的時候，就想想遙遠的源頭，有著一群，曾經為了你的出生，埋頭努力的叔叔們。

床邊故事第二則。

如果可以，我還要重新訴說，白雪公主的故事。

你不覺得嗎？白雪公主的故事很奇怪，以前還是小朋友的時候我就這樣想，喂，這是什麼恐嚇小朋友不准長得太出眾漂亮的恐怖故事。

為什麼白雪公主會因為長得漂亮，就被自己的後媽追殺？作為後媽也很無辜，後媽有這麼小心眼嗎？然後為什麼明明已經是國王，卻無法救得了自己女兒？為什麼會唱歌會下廚的白雪公主，要無緣無故跑到七個小矮人的家裡幫忙做飯？為什麼被毒蘋果噎著的公主，得等到王子的吻才能甦醒重生？

如果可以，我希望世界上少一點這些莫名其妙的，女人追殺女人的故事，或是男人的愛才能拯救女人的故事。讓乾媽為你說另一個版本，甚至我們來玩接龍——

從前從前有一個白雪公主。她繼承了媽媽的美貌，也繼承了王室家族的勇氣。她聽爸爸說，王國不知何故，陷入了前所未有的危機，於是她決定要離開王國，出外尋找可能的解決方案。沿途呢，她遇見七個小矮人，小矮人每天都在地道裡工作，於是邀請公主一起前往，看看王國被詛咒的秘密。

白雪公主感覺到有一點害怕，然後呢，她想到當她離開家時，國王告訴她，親愛的，只要你肯往前走，哪裡也都是你的王國。

於是她出發，冒險，尋找解決方案。在遇到小矮人之後，她跟他們走到一個遠得要命的地道，她探頭一看，聽見地道裡頭傳來遙遠的聲音——王國之所以被詛咒，是因為大家一直活在過去的世界太久，活在陳舊的想像裡。所以呢，宇宙看不下去了，希望可以來個大洗牌，秩序整理，撥亂反正。

啊，寶寶你看呢，遇到危機的時候呀，其實也就是重建的好時機哦。

白雪公主在一片混亂裡看明白一件事，那就是，永遠也不要期待誰會來拯救自己。自己拯救自己最有道理。

最後，問題發現，任務圓滿，公主在回程路上，遇見一個中毒的王子。於是，她決定走上前，幫他做一個哈姆立克法，要他趕快醒來。醒來的事情呢，他們可以自己慢慢決定，畢竟呢，愛情從來不是一個吻就可以確立的。

寶寶你長大就知道了。戀愛是一種兩個人心意相通的魔法。長得漂亮，那也真的就是我們自己的本事。

如果可以，乾媽想要跟你，不斷地，不斷地，改寫床邊故事，改寫我們聽過的那些已經過時的故事，然後呢，我們也去寫一寫我們的故事。

只有我們才編織得出來的那種版本。

長大是一場漫長的告別

有一個說法是這樣子的，家裡若有親人離世，頭七之內，會化身為動物回家，可能是蝴蝶、蜻蜓、甲蟲。偶然看到社群上有一人分享，家中長輩離世之後，家裡突然出現了一隻安安靜靜的穿山甲，慢慢走到神桌前面。那熟悉的路線，彷彿家中寵物。

那是關於親人死亡，我聽過相當可愛的一個故事。

經歷過死亡，知道長大實是一場非常漫長的告別。

可能是福氣，我是那種從小就距離死亡非常遠的小孩——外婆離世的時候，我人不在臺灣，因此聽到消息，沒到現場，沒有很深實感。只感覺，重要的人從世界上消失的時候，幾乎沒有一點聲響重量。

阿公離開的那年夏天，十分炎熱，而我工作忙得異常，得知消息後，覺得身體輕飄飄的，還自動導航地，講了一場工作坊。我在溽暑裡感覺，自己脫下一層皮，永恆地留在那年暑假——那是阿公照顧過的，小朋友時期的，我的輪廓。

我跟阿公算親。國中時，他總在放課後，騎著破破的，得重新發動好幾次的摩托車來載我。見到面第一句話就說，家裡燉了你最愛吃的爌肉哦。阿公是里長伯，里長伯就是什麼都要管，有時候行程趕，要先到鄰居家修水電，才能來接我，但他幾乎永遠也不遲到。

阿公的愛是這樣的。準時得不得了，為了你說到做到。彷彿愛是一件可以如同摩托車直線前進，順順騎就會抵達遠方的事情。

最後一次見他，好幾年後，疫情期間的病房，阿公病重，兒孫輪流探望。聽過一個說法是，人在病重時，其實精神是十分脆弱的。所以到訪的來者，如果能以明亮心情拜訪，而不是悲傷哭喊，可以帶給病者更多健康能量——於是我跟自己說，要健健康康地給阿公看。

打起精神，表現出開心樣子。

阿公躺在病床上，一臉倦容，形體還是精精神神的。我閉上眼睛，好像還能看見他在那臺破摩托車上，用臺語喊我的名字，ㄘㄞ ㄎㄧˊ ㄣ吶，阿公獨有的口音。我用大大的笑臉說，阿公我回來臺中了。

阿公離開得很快，慶幸不再病痛。聽到消息時，我沒有掉眼淚。人在臺北，覺得像聽到一個很遠很遠的訊息。坐高鐵，回臺中，辦法事，摺蓮花，三跪九叩，在傳統儀式裡頭鞠躬低頭，聽背景心經誦念。

「依般若波羅蜜多故。心無罣礙。無罣礙故。無有恐怖。遠離顛倒夢想。究竟涅槃。三世諸佛。依般若波羅蜜多故。得阿耨多羅三藐三菩提。」

我在反覆的磕頭誦經裡頭，眼淚很無聲地掉下來，知道人離開以後，之所以儀式充滿細節，其實是要給活著的人療傷。難過就哭出來，沒有關係。像是阿公在跟我說。

法事現場，阿公的兄弟們也來了，我好像第一次完整補完關於阿公的資訊。才知道，阿公在家排行老七，於是我們的家族大群組，才會叫柯老七的家。原來這麼有擔當的阿公，居然是家中排行最小的弟弟。

柯老七的家，群組裡頭的人，從四面八方回家。給他念經。恭恭敬敬地，說我們真的好想念他。

親人離世，最容易感覺自己有什麼遺憾的時候，除了當下當刻，就是過年。隔年，是第一個沒有阿公坐鎮的除夕夜。通常阿公會坐在主位，帶著笑意看兒孫返家，一暝大好幾吋。

吃年夜飯，小孩抵達時，依然熱熱鬧鬧，五點就早早開桌，桌上有魚有腿庫，有年糕有水餃，並且謠傳裡頭有包了幾只五塊，誰吃到誰幸運，得去買彩券；一盅佛跳牆上桌，一盅放角落等著沒吃夠；烏魚子，一盤養殖一盤野生，大伯堅稱，自己買的可是野生的，貴上許多。每年菜都多到吃不完，孩子猜拳，剩下那口你吃；現場留有阿公的空座位，放在長桌一側，要敬阿公一杯酒。

姑姑湊過來跟我說，去年出的書，她可買了十本；姑丈追問，那什麼時候出下一本；大伯要小孩們一一報上工作地點與細節，我於是才知道表弟妹們，實際做什麼工作；打Line電話給我爸，他跨海說新年快樂；阿嬤喜呵呵地，跟著拍手，跟著微笑；若有什麼懸而未決，就請示阿公意見——嗯，阿公說大家都來了，要玩十點半喔。

一直覺得家族大了，就很難真正親密，從小總覺得難免疏離，感覺自己彆扭，家族面前我是徹頭徹尾的，容易害羞的巨蟹座。而共同經歷悲傷現場，反而用另一種方式，讓我們連結一起——再怎麼不同，再怎麼立場相左，我們全是愛著阿公，也被阿公愛著的人。

你說死亡這麼奇妙，阿公的遺愛，是讓我們想起，我們都是一家人。想到這點，終於感覺溫暖。

除夕飯桌上有更多玩笑，更多認識，更多個性立體。我想是不是，也是阿公的祝福，我們這班人，全數也是孩子，可以的，可以在他的愛裡過年。

人離開以後，也有人留下來。

阿公走後，我改口，不再說回阿公家，改說回阿嬤家。怕聽者有意多想。阿公走了以後，有一陣子阿嬤很勤哭，想到世上再無人這樣寶愛自己，就悲從中來。

悲傷沒有語言，悲傷就是沉默。阿嬤的世界，好像突然沒有了聲音。沒有了熱烈說話的必要。

我們做兒孫的，只好充當阿嬤的其他感官。每每回阿嬤家，就想握阿嬤的手。阿嬤的手幼嫩細軟，掐了掐，覺得那是一雙好命的，掌心有肉的，少做家事，也受過愛護的手。阿公待阿嬤好，子孫們看在眼裡，他倆有最萌身高差，牽手走過大半輩子。

愛以年紀，實實在在。

阿嬤老後眼有青光，聽話偶爾吃力，我常覺得人老，就是把成人的五感知覺交還回去，做回一個要人照顧的小孩子。

要離開阿嬤家的時候，阿嬤攬我，把頭靠在我的心口。我聽到她心裡傳來的哭聲。我在心裡跟阿嬤說，想哭的話，我們就一起哭。想念阿公的時候，我們就一起想。

長大是一場漫長的告別，一個人曾經存在於這世界的痕跡，其實真不是形體，也不是什麼實戰功績，而是深根地活在其他人的記憶與想念裡。

再怎麼不同，再怎麼立場相左，
我們全是愛著阿公，也被阿公愛著的人。

想我雙胞胎的弟弟們

當獨生女七年以後，突然有了弟弟，一次來一雙。

弟弟是個複數名詞，異卵雙胞胎，天蠍座B型，前後出生相差了六分鐘，於是決定了誰是哥哥，誰是弟弟。我弟弟們，終止我的獨生女階段，於是我搖身一變，成為大姊。大姊的照顧，樸實無華，就是帶吃拉麵，哪裡有美食，爭相走告。

柯家傳統，自小給孩子取英文名，比如說我的英文名字幾經迭代，從Catherine、Beth、Kelly再到Audrey，彷彿意圖搜集二十四個字母開頭。而我弟的英文名字倒是一取便定了終身，一個叫Danni，一個叫Eric。某段時期我媽熱衷打毛衣，跟榮恩家族一樣，我們也有自己英文名的毛衣穿。家人鬧小脾氣的時候，名字就變成英文中譯——喂，艾瑞克先生，請你放尊重一點，不要把腳放在我肚子上。

我雖然一向怕生產，大概算自小喜歡小孩，我想是因為看過我弟弟們長大，出生，爬行，吵鬧，養成，拔高，絲毫沒長胖；讀書，考試，入職，轉職，升職，帶領團隊，一路希望他們長成好人。

排隊等拉麵的時候，問他們，你們會不會因為世界上，有一個跟你很像的人感覺很困擾？大弟秒回，不會，因為我知道我們長得不一樣，而且是真的不一樣；小弟困惑，啊，是要困擾什麼？他們回答得如此毫無機心，毫不在意。

而弟弟們的愛，直白寬闊，就像那臺灣大道，還是中港路比較順耳，直通東西——明明不看書的人，買了《如果理想生活還在半路》以後，火速翻到有自己篇章；簽書會報到，再吐槽我說，姊你分享得好無聊；買給他們的衣服包包圍巾，經年累月，經常性使用——兩條泰國買回來的寬鬆褲子，已穿到被女友通緝。

我長他們幾歲，有時覺得真好，有些路我能先走過，回頭報信，耳提面命；而有時我又感覺，他們有自己路子，再怎麼崎嶇，也有自己的風光明媚，做姊姊，不必動手指腳，只要搖旗吶喊，當加油隊就好。讓他們明白，人生這麼長，遇到挫折，乃是常態，需要取暖撒嬌的時候，就來姊姊這邊。姊姊明白的。

有時他們也把最新消息帶給我——某年年節，他們教我做咒術迴戰的手印，我認真學了一陣，後來想想奇怪我學這個要幹嘛；今年年節，小弟繼續推薦我新漫畫，現在的人都看韓國條漫了，姊，要跟上時代腳步。

做家人默契許多，是我們各自離家以後，也都養了隻貓——虎吉，憨吉，與嘎逼。養貓，說實話，就是養個習慣，惦記有家人在身邊。

三人能成虎，也能組樂團，有三生萬物，更能互相照應，互相吐槽，攻守互換。因為有我弟弟們的關係，我覺得姊弟大概是生孩最好組合，優先推薦作為生子參考。

前幾年，弟弟們剛滿二十四歲，回到當年媽媽臨盆前的入住飯店，那是我媽想的弟弟生日旅行企畫。旅行也要有儀式感啊。媽媽說，當年羊水破，一臉冷靜，搖醒酒醉丈夫，說來來，我要去生孩子了。請友人驅車，開回臺中榮總。彼時我才六七歲，在游泳池玩水，上岸一臉矇，怎麼人都不見了，旁人才告訴我，啊，你媽媽去生弟弟了。

弟弟們在凌晨紛紛出世，不知道是不是宇宙回應我一個人長大的無聊喃喃，於是我的童年自此有了一對玩伴。大概我幼稚，跟弟弟常玩在一起，包含國中我偷懶，發明一款叫做摺棉被比誰快的遊戲，或是誘使弟弟讓我練剪髮，捉起一搓剪，導致弟弟頭髮層次後來亂成一片，晨起就各種亂翹。

頭髮會再長，弟弟也會長大。

我跟我弟弟們的時間永恆地相差六歲。說到弟弟的概念，就是一雙，什麼也是雙份。弟弟雖是雙胞，畢竟有各自獨立生命，艱難倒是共享，互相開導指引，比方說，怎麼理解女友說的話，怎麼不在愛情裡太過白目。

看我弟們從弟弟的位置，需要跟隨的，長大成，懂幫女友夾菜，沿途緊牽女友手爬山，能往前走的男子們，感覺微妙。大概這就是實打實的長大，有能力有肩膀，願意承擔，除了能好好照顧自己，也能照顧另一個人。

又或許也是，旅途回程車上，林宥嘉唱的，戀愛的男子，每個都是少女。

一路看著我弟弟們，長大長高，一回神我已經是比較矮的那一個，未來的路肯定也能大手大腳地破壞與開創——生在這個開放定義的一代，許多標準早已即刻作廢，許多規則已經搖搖欲墜，而弟弟們，必定能走出只有他們自己才能成就的一條路，這是我對弟弟們最深的祝福。

只要持續走，一定能比曾經的想像走得更遠，去到更寬闊更自在的地方。生命就是如此，沒有什麼一定，也沒有什麼必須。

我看著他們的側臉，閃亮亮的眼睛，偶爾會想，啊真的好年輕啊，也不必心急，未來還滿是你們的時光。你們會胼手胝足，長成很棒的大人。

我是那麼喜歡我們

那種超級，無敵，老派到不行的問題，我問過G好多次——喂，你喜歡我什麼地方？

第一次他不假思索，喜歡你幽默，很幽默，超會自己找樂子；當下聽到直接問號跑馬燈，咦怎麼是這個答案，以為他亂開我玩笑。第二次不死心地問，幽默繼續名列前茅，他補充，因為相處的日子都很開心啊，我們懂得彼此語言，而且你超級會逗自己笑，才知道他認真的。

這麼多年了，原來我的主打居然是幽默嗎——總覺得像什麼神奇寶貝，猜猜我是誰，解開新技能，發現過去錯認，以為自己是會放電的皮卡丘，結果其實是愛唱歌的胖丁。

原本因為關係裡頭，幽默感也沒什麼，後來想想，在關係裡，若有方法能讓自己開心，也能讓兩個人開心，確實很重要吧。畢竟生活總有艱難許多，起碼遇到一個跟你一起笑看問題的人，簡直應該加入關係KPI，每季好好覆盤。

而我常感覺，快樂時間其實是一起創造的，快樂也需要約法三章。

比方說，我們約定若吵架，就要如脫口秀裡看到的，要有一個人喊problem-solving mode，專注解決問題，禁止吵架迴圈，憤怒無限上綱；前陣子訂閱Disney+，連夜看《漢彌爾頓》，隔晚心情悸動，我們兩個人，繼續練唱原聲帶到半夜，你一句我一句，傳遞隱形麥克風；或跟虎吉爭風吃醋，再學虎吉說話，已成習慣，連他的小脾氣小無奈一起模仿；最新收到卡片，上面居然寫，生活謝謝有你，一起耍白痴。喂，真是謝囉。

幽默感，可能是人生的秘密武器也說不定，謝謝你喜歡得不得了，而我長大才知道，原來我也喜歡做在關係裡逗人笑的那一個。

其實戀愛真的會讓一個人不一樣。若是全情投入，可以很深地看見自己的需求，會在乎什麼事情，會為什麼事情生氣，會因什麼事情開心；也會有很強的動力，想因為對方，鼓起勇氣面對自己頑強的劣根性，允許對方，經常在日日夜夜，作伴提醒自己。

前陣子跟G一起去旅行，並且呢，以前一次旅行至佛羅倫斯的大吵不可開交作為警惕。時間累積，我們有了默契，默契就是不輕易動怒。說實話，每一次吵架都是靠近彼此的學習，可吵架也會撕開彼此肌膚血肉，動怒終歸傷心勞神，我們愛了這麼久，能不生氣，就不要輕易用浪擲怒氣的方式來解決。

我們終歸是兩個硬脾氣的人，戀愛使我們柔軟，捨得為對方低頭，願意原諒。於是我常常笑說，我們在談的是那種，成長系戀愛，績優股相處。

在回程即將離開旅途的火車上，忍不住寫給旅伴G一封公開的情書——

我喜歡每到一個城市，我們總是情不自禁地，走進書局，城市巡田水，翻各異語言的書，然後我們買書，在交通期間，地鐵上，火車上，慢慢看書；我覺得時間是內容的。

我喜歡旅行途中，我們也安排時間運動，於是早早起床，你練徒手健身，我練瑜伽，然後我們再牽手出門；我覺得時間是生活的。

我喜歡我們熱愛散步，三十分鐘內皆是步行可達距離，水平縱走的，垂直起落的，早晨的，午夜的，然後我們爬上山城辛特拉，再翻下來，你說Pat on our shoulder，來去吃點好東西；我覺得時間是水平與垂直的。

我喜歡我們知道彼此的雷點與軟肋，我喜歡我們不必吵架，可以溝通，我們都是有脾氣的人，但可以喊Problem-solving mode please解決問題；我覺得時間是成長的。

我喜歡我們善於自我鼓勵，遇到不好的事情，例如交通誤點或到處施工，我們就說，所有安排都是最好的安排；我覺得時間是溫厚的。

我喜歡我們可以認真討論嚴肅的話題，也為了無聊事情，笑上整整一分鐘，喜歡我們在走下里斯本階梯時討論，如果身上要刺中文字，從一個字到五個字，該刺什麼，我說我要刺貓，而你的太丟臉我不要說；我覺得時間是幽默的。

我喜歡你知道我愛吃，非常愛吃，於是我們用食物串起旅程，為了冰淇淋駐足，為了蛋塔停留，為了找一間好吃餐廳橫越整座城；我覺得時間是美味的。

我喜歡我的時差，你的賴床，我們的曬傷，我喜歡我的慵懶，你的自律，我們的出發與抵達，我喜歡我們終於看到《漢彌爾頓》現場，感動的眼淚；我覺得時間是感官的。

我知道，所有時間都是有限的。只有在記憶裡，它會存放成無限的形狀。

我喜歡我們共度的那些時間，和你一起，白天黑夜，那些時間，使我們珍貴。

愛在亮處，追求勢均力敵，彼此身上找佩服地方，已過了只需凝望／被凝望的年紀，不如看往前進方向；而愛在暗處是，歇腳時候，給彼此做靠山，也不必著急，我們靜靜等待天亮。

和你在一起，無論太陽月亮。

我是那麼喜歡我們。

活在幸福裡，像虎吉那樣

虎吉懶貓三窟。

所以他喜歡的睡床地點，有時是書房地毯，一邊臉還得斜斜地靠在書堆，擠出小肥圈；有時是浴室踏階，把頭靠在上面，享受一種製造出來的恰好；有時是我與伴侶腳邊，一不小心就摔下床的危險邊緣；有時是衣櫃，於是我的洋裝邊邊角角，總是沾黏著整片貓毛。必須用這個方式宣告天下，我是養貓之人。

總而言之呢，所有貓咪肯定有約好，決計不會在人類準備好的貓床睡覺，恐怕那太無聊。虎吉的睡床拜訪，如搖滾歌手，大概走一個每季輪流巡迴的路線。

我想那是他自己心裡的貓貓時間。我偶爾會想，貓咪曾怎麼紀年，怎麼度日，怎麼衡量分秒與時分。貓的時間感知與人類相同嗎？

虎吉的時間十分有個性，這麼形容當然是好聽。實際上就是，他為自己決定，什麼時間點去睡覺，什麼時間起床奔跑，什麼時間必須餵食，有他自己秩序。研究顯示，貓咪體內自有生物鐘，準點敲鐘，非常守時。

成貓好命，一日貪睡，總共會睡十四個小時，經常一回頭，他就瞇起一雙眼睛半寐。我會把頭靠在虎吉規律起伏的腹腔，聽他呼吸起伏，像一道變動中的航線。據說貓科動物的呼嚕聲，其實是一種喉音，一種深層的，野生呼喚。

野生啊，是在城市裡馴化的貓咪們，集體做的夢嗎？貓向來是夜行動物，於是會不會，他勉強配合人類起居，而在半夜，經常夢見自己體內，野生的，作為一個夜行動物的渴望，想要狩獵，想要前往，想要戰鬥。而在都市叢林裡，他能狩獵的，是假想敵，還有家戶爬行的壁虎。於是，只好回過頭，溫順地再吃上一把罐罐與乾乾。

有時候我腦中，會出現這樣的虎吉視角，我想是這樣的，你喜歡一個生命與物事的時候，你就忍不住，想給他編故事。很長很長的那種，並且把自己給編輯添加進去，放一個故事裡的好位置。

是不是因為如此，人與貓咪的互動，常常讓我覺得是最深情的那一種。我都懷疑，找上寵物溝通的人群，終有一天會與找上伴侶諮商的人群黃金交叉。我們更想聽懂今日的寵物，勝過昔日的愛人。

可謂愛的物換星移。

當我凝視虎吉時，虎吉也在凝視著我。尤其是睡眠期間。有時候夜半醒來，床邊有隻貓，一動也不動地盯著我看。據說，那是貓的擔心，擔心主人在睡眠過程中，睡得太深，飄得太遠，最終無法醒來，因此他要貓眼盯著。

當虎吉觀察著人類，會不會看得出來，我們的時間多數劃分成——工作時間、休息時間、創造時間。幾乎是三等分地，去切一個派。

然後他蠻不在乎地橫躺，躺上我的鍵盤，趴上我的肩膀，賴上我的手臂，越過我的工作時間、創造時間、休息時間，把自己睡成一個跨越人類時區的縱貫線。霸道地說，你所有的時間，也都是我的時間。

時間逐漸貓化，是所有養貓人士的甜蜜煩惱。愛就是深深的打擾。

我望向虎吉，然後他再度瞇起眼睛，決定要去睡覺了。瞇起眼睛的貓咪，在人類的解讀裡，是用瞇瞇眼在說我愛你哦的意思。有時候覺得很神奇，人類翻譯了貓的語言，裡頭藏有許多愛的意思，某種程度來說，人類是不是也是很缺愛的動物呢？於是寵物降生，陪伴人類生來莫名其妙的孤獨。會不會虎吉的眠夢裡頭，也有一個我呢？

無論會不會有，我知道我會帶著虎吉的愛睡著。

還有這樣的某一天，讀書讀到一半睡著，醒來時發現，虎吉把他的手手，戳進我的手心，陪著我睡。讀到一本書這樣寫——人類總想追求幸福，而貓呢，貓是活在幸福裡，時時刻刻的。人持續追求的，是自己還沒有擁有的東西。

有點殘酷。

總不可能日日幸福嘛，總有日子過得有點辛苦，那是實話，不怕人說。可是有虎吉的日子，都讓我感覺，幸福像那雙貓手無條件的託付，感覺自己，睜開眼睛，就活在愛裡頭——毫無擔心，沒有恐懼，十分富足。

活在幸福裡，像虎吉那樣。

虎吉的夢裡不知道有什麼呢，我的夢裡要召喚虎吉，來牽我的手。

我在心裡跟他說，乖乖睡覺，不用擔心，我總是知道能在哪裡找到你。虎吉大概也會這麼跟我說吧。

畢竟我們是牽著手一起睡覺的，那種關係。

虎吉貓毛寄生在我的洋裝上，虎吉的大頭也爬上我的手機桌面。

你已被好運貓貓造訪——自從換了虎吉的手機螢幕畫面，神清氣爽，好運綿延，而且不管怎麼心煩氣躁，拿起手機點開畫面，真的會從心裡微笑出來。真的，再怎麼煩都沒關係，我家有世界上最可愛的貓咪。

那陣子家中室友紛紛確診，一個兩個三個，疫情攻陷無敵星星，於是虎吉很忙。真的忙，忙著跑上跑下，照顧全家，陪睡賣萌，翻肚撒嬌，我懷疑他是不是有擬定一份全家時刻表——於是能早上陪我做瑜伽、下午干擾室友工作、晚上男友隔離房間陪睡——而且，還不忘他自己的睡眠me time，睡衣櫃、睡床角、睡沙發，這不是時間管理大師，請問誰才是時間管理大師。

其實他從小就會，而且擅長，跟每個人建立不同的親密關係，儀式感不曾重複，比方說他只窩男友腋下睡眠，只肯乖乖不動給我躺著抱抱，因此跟他相處，你總是覺得自己好特別。

貓系的待人處世之道，就是每個愛都特別，不曾厚此薄彼，不會偷懶復刻，沒有一刻是複製貼上。眾人類們，要學起來。

虎吉睡著時，我滿臉愛心地，看著他的側臉，糊糊的，看不到下顎線，像圍了一條寶寶口水巾，睡到半途，有時手腳踢動，可能夢裡狩獵；虎吉醒著的時候，一雙貓腿神氣，貓掌有肉，眼睛亮亮的，腮幫子因為興奮而蓬飛起來，不用修圖，狗派之心也淪陷。

據說呢，日本有個好運貓貓，轉發二十秒會即刻幸運；那麼，臺灣有貼心貓貓虎吉，會保你二十年平平安安。

人類總想追求幸福，而貓呢，
貓是活在幸福裡，時時刻刻的。

世界上有一個人，看見了你

有一種很美的關係是，有另一個人完整地理解你的存在，心懷感謝，世界上有你的出生，並且精準地表達出你是誰。

那樣的關係，會深深地打動身邊人。

近期感動我的一幀畫面是——梁朝偉拿下威尼斯影展金獅獎終身成就獎的那刻，低頭掉眼淚，李安那隻手，溫暖地搭在他背後。

李安送上的頒獎詞，優美，情感真摯，像用攝影之眼，從各種角度展開梁朝偉作為一個演員，也作為一個人的立體。

他說梁朝偉是這樣的演員，都說他眼神有戲，有故事，不只單單因為演技，更因為他勾動了一個人最好與最壞的底層情感——於是作為合作的導演，你隱藏起來的，不想被看見的黑暗，你的恐懼與掙扎，也會被看得清清楚楚，並且在光下顯現，然後你得以面對它們，誠實地處理。那正是我們之所以可以看到好戲的原因。

「導演，我們赤裸了身體，而你坦白了其他的東西。」梁朝偉這麼對李安說過，他們彼此合作，互相支持，交換脆弱，與生命黑暗拚搏，於是那些情感在我們眼前再現。

李安繼續說了梁朝偉的一個故事——劇組打光走位對光的時候，照理演員可以休息，保留精神上戲。梁朝偉不在這時候休息，他選擇待在場上。他說睡覺太無聊了，閒聊也很耗氣，我不如待在這裡，看看我有什麼能幫忙的。他不只跟導演合作，還跟整個劇組合作。他尊重所有在場上的人。而他這麼做顯然不是因為什麼名利，不過是純粹熱愛而已。

李安說，我想梁朝偉一定非常享受作為演員的各種磨難，他激起了眾人想像空間，於是我們可以心安理得地，透過他去做夢。

我找了現場影片來看，李安致詞時，有一雙同樣潮濕的眼睛。而梁朝偉起身，做的第一件事，是對全場輕輕鞠躬。走了好長的一段路上臺，給李安一個擁抱，告訴他，我就知道你會讓我哭。

梁朝偉是這樣的演員。李安也是這樣的導演。那樣的關係，我覺得非常地美。

世界上有一個人，看見了這樣的你。

我們在世界上追求的會不會就是這樣呢——世界上有一個人，深深地看見了這樣的你。人是在那樣的時刻裡，感覺自己活著是值得的，是無比美麗的。

他們彼此合作，互相支持，
交換脆弱，與生命黑暗拚搏，
於是那些情感在我們眼前再現。

愛得像珍柏金

大學時期，第二外語，修法文。

法文教授說，學語言，聽歌最快，推薦一眾學生聽Serge Gainsbourg。甘斯柏是才子，一輩子寫了超過五百首歌，曲風跟個性同樣多變。第一首的甘斯柏，我聽的是他跟珍柏金的合唱。〈Je t'aime...moi non plus〉（我愛你，我也不愛你），兩人的嗓音性感到不行，充滿愛的暗示。

Je t'aime, je t'aime

（我愛你，我愛你）

Oh oui, je t'aime
（哦，我愛你）
Moi non plus
（我也不愛你）
Oh, mon amour
（哦，我的愛人）
Comme la vague irrésolue
（像一道道海浪）
Je vais, je vais et je viens
（來來去去）
Entre tes reins
（落在你的腰間）

聽甘斯柏的歌，深深喜歡上的卻是珍柏金。總覺得珍柏金的喘息，是那首歌的靈魂。那樣的性感裡頭，有一種超脫凝視的恣意。你看我，或不看我，都不會改變我是誰。

珍柏金是許多人的繆思，男人的，女人的，全世界的。她美在瀟灑，美在自由，美在視規則為無物，美在無所謂。真無所謂，所以即便柏金包以她之名降生，當時包包誕生的靈感，也很隨性，是她隨手畫在飛機上的嘔吐袋，交給彼時愛馬仕執行長；而她使用柏金包的方式呢，是永遠把它塞得滿滿的，順手放在地上，外皮再畫上塗鴉。

直到後來，柏金包的名聲超越她，她巡演時，還開自己玩笑說，我是珍柏金，一款會唱歌的包包呢。

很想謝謝珍柏金曾經這樣活著。珍柏金是我心裡欣賞的女前輩，知道有人選擇這樣活著，似乎會給現在的自己一點力量。感覺她們，穿越時空陪伴。

珍柏金跟甘斯柏當然有過一段故事。

一九六九年，甘斯柏與珍柏金合唱〈Je t'aime...moi non plus〉，露骨煽情，耳邊呢喃與床榻喘息，演繹英法混種的愛情。

一九六八年，珍柏金從英國乍到法國，帶著自己跟前夫生下的，剛滿一歲的女兒，一句法文也不懂，剪著齊平瀏海，眨著水靈大眼，在電影《Slogan》與甘斯柏演對手戲，甘斯柏連看也沒看她。

甘斯柏是才子也是浪子，當時還跟碧姬．芭杜打得火熱，珍柏金跟他一路錯過，直到電影殺青，他們才牽起手，跳了第一支舞，一路跳到床上。

愛像花，正旖旎盛放。我總想，是愛人的目光，讓巴黎擁有花都美名。

甘斯柏在她面前甘願像個孩子，珍柏金說：「我愛甘斯柏，我無法克制地愛他。他有極度哀傷的眼睛和美麗的嘴唇，他為我念他的詩集，一字一句，他是不可思議的戀人——浪漫和幽默的混合體。」

他們並不一見鍾情，卻一路相愛纏綿了十多年，做彼此的繆思。他們誰也不是男神女神，只願是平凡無奇的戀人，是你的戀人就夠好了。他們凝望對方生長自己，他們相愛、抽菸、舞蹈、爭吵，珍柏金經常一手環抱著女兒，另一隻手牽著甘斯柏，散步走在聖日耳曼大道。

那是畫面永恆的六九年。他們一路走，推出第一部合輯，69 Année Érotique，情色六九年，愛得旁若無人。

他們留下一幀幀充滿愛意的照片，浪漫激情的歲月卻怕是累人的。甘斯柏迷戀她，卻長期酗酒，他的愛非常狂暴，她愛他愛得就要喘不過氣。珍柏金最後離開了甘斯柏，組織另一個家庭，一九八〇年，甘斯柏只好灌自己更多的酒。

時光向前走，珍柏金新生的女兒誕生，甘斯柏從遙遠另一頭，送上整套的嬰兒服和卡片，寫上署名，自稱二爸Papa Deux，後來，他成了孩子教父。甘斯柏才氣縱橫，逝世得早，死於一九九一年，珍柏金沒說話，靜靜把自幼陪伴自己的玩偶

Munckey放進甘斯柏的棺木，安葬陪伴，多怕他孤單。

這不是個完美的愛情故事，他們的愛是紀年史，勾纏了十多年，情份還沒完。一九六九年永遠定格，他們不在一起了，愛以另一種方式留了下來，證明他們始終無法拆散。

珍柏金最後離開了她的第三任老公，瀟灑地說一句，與其和不懂我的人在一起，我寧可自己生活。自此之後，珍柏金一直住在她與甘斯柏相愛過的巴黎，那裡有她深深愛過一個人的痕印。

如果要愛，要愛得像珍柏金。

愛人的城市讓你感到溫暖，自此之後再無他鄉。若是離開，不見得是因為不愛，是捨不得我們愛得這麼辛苦，因此分手其實是一種幸運。離開你的日子，你一直都還在，我閉上眼睛，就看見你，在那裡愛我。

林宥嘉始終少年

演唱會現場，三十七歲的林宥嘉，想起十九歲的自己，星光大道後臺，聚集一群愛唱歌的人，覺得自己好像在天堂，好幸福，仰起頭，眼淚就掉下來了。十八年以後，他很努力，很幸運，把自己走成一線，idol演場會巡迴超過五十場，他還是當年那個愛哭包，沒有變。

那是我最喜歡林宥嘉的地方，他是這麼厲害，又是這麼永遠未熟，始終少年。看著他，會發現絕頂厲害與保持未熟，並不相斥，可以互相補充。更或許那樣的未熟狀態，就是絕頂厲害的關鍵。

他展示成年依然能有童心，不必有巨星架子，idol演唱會上，他穿著一件綠色絨毛的熊熊外套，背著熊熊側背包，可以坐在地上清唱〈說謊〉。他說十九歲的自己，從來也沒想過活到三十幾歲的樣子，沒想到抵達了這裡，自己出了幾張專輯，結婚生子，還有一雙兒女。好幸運。

他說人都有懼怕的時候，有雙腿發軟，再也生不出力氣的時刻，沒有關係。他真誠彷如即席Ted talks，他說不知道怎麼選的時候，就選對朋友比較好的那個；失意難過的時候，就把手拿起來，算一算，一二三四五，自己還有五根手指頭——他說那是他第一個孩子酷比誕生時，醫生告訴他的真實。可能沒什麼道理，但他一直這麼相信。

他相信的事情都是簡簡單單的，我想起林宥嘉與Kiki的婚禮致詞是這樣講的，我曾經覺得我是一個黑洞，沒想到你也是。我們都是黑洞，但是遇見了彼此，於是有了光。是不是因為這樣，這個演唱會，才會叫做逃離黑洞。

林宥嘉的演唱會是一幕幕舞臺劇，視覺漂亮而當代，以坂本龍一的錄製鋼琴聲〈solari〉開場，他說起這段經歷的時候，沒有一點驕傲神情，就像他也是一個樂迷，得到一段求來的音樂。他那樣愛音樂，於是我們在舞臺上，偶爾可以瞥見他附魔的時刻——像是舞臺上只有他一個人，恣意跟樂器玩耍遊戲，用他繚繞不停的漂亮高音。

而他那一把聲音，唱起情歌很是動聽，尤其他的歌，無論是寫給他的，或是他選的，經常出現女字旁的妳，對話式的，那樣地去唱，唱進每個人的心窩最深處的地方——我要給妳幸福，妳蠻不在乎，妳愛不愛我，會決定我下一步。我經常覺得，他在最幸福的時候，看上去都還是有隨時會心碎的可能。

他知道自己幸運，並且說了好幾次。他是把幸運與感謝掛在口邊的那種人。

對他而言辦演唱會，大概是把幸運分享給一眾歌迷，於是他走遍全場好幾次，確保自己有服務到所有人，包含遠方的黃3C座位。他十分重感情，除了遠方的歌迷，也記得多年前的歌迷，他叫什麼名字，他有什麼故事，並且帶著一種不願打擾的珍惜。而你其實會相信，當他說他也有過黑暗。因為他展現出的珍惜，是抵達過黑暗的人，會給出去的明亮。

我坐得近，於是看到他唱一唱歌，拉著外套，拿衛生紙，擤鼻涕，再跟工作人員要另一張衛生紙，包住清理之後，垃圾才肯交出去。

他發氣球給大家玩，紅的藍的黃的綠的，他說想怎麼玩都可以，彷彿我們都是他的小孩子；他現場大喊老婆在哪，要唱老婆的歌收尾，盡情無賴與可愛放閃；他說四面八方的歌迷，歡迎點歌，不要介意我清唱，在觀眾席唱，本來就有走音的風險；離場時，他跟著保鑣，頭戴一只牛皮紙袋，下了戲，我成為誰並不重要，我還是可以繼續唱歌。

像他那樣地成為一個大人，始終少年，我覺得很有樂趣。

進場時，我們拿到一面小旗子，旗子上面寫，Only love can overflow black

holes，唯有愛，才能帶我們逃離黑洞。演唱會叫做逃離黑洞，本身就是他巨大的告白。

我非常確定，林宥嘉肯定是這麼相信。他透過這場演唱會，表達愛的不可思議，愛照亮了一雙黑洞裡的孩子，並邀請我們集體相信。

於是我們揮舞旗子，頻頻送出愛的訊息。好像這麼做，我們也不再孤單了。

他展現出的珍惜，是抵達過黑暗的人，
會給出去的明亮。

少女與陳綺貞

二〇一四年我做了鍾成虎的訪談，他在音樂前很謙卑，說沒有音樂，就沒有產業，自己不是伯樂，頂多算是資深樂迷，之所以做添翼，是因感覺臺灣缺的是一對想像的翅膀。然後，二〇一六年我接續做了陳綺貞的訪談，訪談前，綺貞問我要不要一起吃塊溫蛋糕，我說好，我也是吃貨。她跟我說，她的歌想傳遞一種善意，我們都不要當個平面的標籤，要去做個立體的人。我一直是綺貞的歌迷，因此當天訪談十分克制矜持，心裡澎湃，我眼中的她既是透明的，也是彩色的。

愛到最後，兩個人走向決裂，滿城風雲湧動，開始出現各種小道傳聞與口耳消息。可是呢，他們兩個人，在我的故事裡，都是好人。我也相信在不同視角裡頭，他們可能成了誰敘事裡的惡人。

知道消息的那天晚上，我很安靜，坐在路邊公車站牌，重讀兩篇訪談，再翻出二〇一九年去陳綺貞演唱會現場的照片。記得演唱會當天，我哭得像個小孩，明白自己可以被一把嗓音撫慰與救贖。我覺得我們都要開始練習——把所有偶像看作一個真實立體的人。接受他們生命裡，一定有我們陌生的地方。純屬正常。

多元的時代裡，我們要努力抗拒扁平的各種詮釋與選邊。在是非黑白的中間，還有許多廣闊的空間與灰色地帶。即便是看不懂的，無法明白的灰色地帶，它們都確實存在。

不會變的是，陳綺貞是我的少女時代。那樣的少女時代曾是這兩個人與團隊的共同努力。愛終有陌路，可作品會留下來。一個人其實是可以用這麼長的時間，去喜歡一個歌手偶像。

分手以後的夏秋春冬，正是兩個人各自創造的時候。那就是分手的意義。我們

從來不用藉由證明對方是壞人，來表達自己有一顆真摯善心。曾經愛過的心意也是如此。而未來，他們可以各自去飛翔了

翻看過去寫的專欄，想說一件事——誰也無法，也不需要符合所有人的期待，完成對所有人的討好。不只他們如此，我們也不需要。

——

我始終記得我聽的第一首陳綺貞，〈Sentimental kills〉，她用那樣清甜的嗓音唱著，Maybe I am a freak，可能，我真是個怪胎。

那時候陳綺貞還沒留一頭飄逸長捲髮，還沒戴起象徵性的飛行帽，她還是看似孩子氣的西瓜頭，一雙眼睛眨巴眨巴，她說嘿我不是你們期待的玉女歌手喔。

陳綺貞的首張專輯叫《讓我想一想》，她的一切都是未成形的，都是不確定而流動的，所以她那樣說：「一開始，我只是因為想在奇怪的地方唱歌，像臺灣人可

以在安全島上種白菜那樣，一種落地就能生根的概念。」

唱歌是落地生根，所以她的每首歌都成了有機體，漫地生長。那時的陳綺貞，在保守規矩的臺灣，像是個怪胎，她一開口，世界就彷彿更開闊了一些，人們不再那麼害怕越過滿是規範的雷池，會粉身碎骨。

少女聽陳綺貞，覺得被四兩撥千斤地，說中所有心事。心事甜美而凶險，不輕易與人言，〈躺在你的衣櫃〉的性暗示，〈孩子〉甜蜜的控訴，〈小步舞曲〉空氣裡的曖昧，〈吉他手〉的純情告白，〈告訴我〉對愛一聲聲吶喊。愛有千萬種面目，少女也是，都在陳綺貞的一首一首歌裡。少女在陳綺貞的歌裡，完成了變化進行式。

媒體說，陳綺貞背後指涉的是臺灣的小文青世代，誰知道呢，陳綺貞的叛逆早在遙遠的一九九八年。她就這樣從一九九八一路唱到二〇二四，從《讓我想一想》到《沙發海》，她讓我們知道，愛著我們經歷一首歌的時間，是浪漫而務實的一件事。

每個人心裡，都該有一首自己的陳綺貞，陪你經歷最荒涼反叛的歲月。

少女於是知道不乖是可以的。表達是權利，猶豫是正常，小心眼是人之常情，愛就是深深的打擾。而當我們願意的時候，我們的體內藏著一匹狼，我們的生命將孕育出一朵花。我們可以非常甜美，也非常銳利。

「花苞很多不開就要剪掉一些，讓它專注開一朵花，很像人，一定要放棄掉一些，讓自己唯一的東西可以綻放。」——陳綺貞

輯三

貪吃是必須的

「一直到現在，我都認為，
平行宇宙裡，我一定是美食雜誌編輯。」

濱江市場的義式小館

那間臨近濱江市場的義式小館，是偶然發現的，左側是老公寓，對向是製麵所，稍不注意，便會走過。可我們偏偏停了下來，停在要去市場買菜的路上。左顧右盼，研究起來——從蛛絲馬跡判斷，這家館子，會不會好吃。

這年頭呢，吃東西很講運氣，運氣在行銷肆虐，如打五顆星送一盤肉，加贈飲料一杯的年頭，可能比Google評價還可靠。

市場什麼都有，那義式小館也沾染習氣，賣火腿賣起司賣酒，也有現場煮食。隨意擺幾座棧板，就是餐桌。矇眼亂點，卻幾乎什麼也超乎預期地好吃——帕瑪火腿起司披薩，芝麻葉點綴，味道真好，爽利明確，所有食材若各司其職，組合起來就是我心中大菜，可以理解並且可憐，那是和Pizza Hut全然不同的系統，在根本上分岔，簡單很好，簡單才最有難度。

那一口咬下的餅皮，簡直讓人重返羅馬街頭。有個玩笑是這樣的，臺灣的Pizza是容器，上面什麼也能放，於是生出五更腸旺、冬蔭宮蝦餅、花好月圓花生湯圓、香菜皮蛋豬血糕。我覺得這麼說倒也沒有錯，不過容器上放的是什麼，很講飲食的美感。

這間義式小館，就屬美感好的那一種。

櫻桃番茄普切塔（Bruschetta），據說普切塔最初是為測試橄欖油等級而生，意外成了義式的開胃經典。許多時候好吃的食物，經常來自人的突發奇想。那番茄醃得恰到好處，下方鋪層乳酪，再撒點新鮮羅勒，好吃得要命，懷疑自己過去一直誤解了番茄。

對不起——番茄，你不是只能變成番茄醬。

再點了燉牛肚配軟麵包，如回到佛羅倫斯中央市場，跟老闆說——Trippa alla romana（羅馬風味燉牛肚），燉牛肚本是道十足熱鬧的菜，燉爛的紅蘿蔔入口，軟麵包拿起來清盤，還有牛肚的香。

再上桌的筆管麵，已吃不下，翻了兩口，決定外帶。在座位上發出長長嘆息，好像望出去，會看到熱那亞的海，吹阿瑪菲的風，義大利菜，是悉心料理一顆番茄，刨對味乳酪，讓食材在口中作用，畫一幅奔騰山海。

那不過是間濱江市場的路邊小店，我寧願它一直也是小店，服務嗜吃的街坊鄰里。

好的餐點，讓人想買菜下廚，造訪櫃檯，買了帕瑪火腿十八個月100g，七天內食用，捲著長長一條火腿，盤算下週菜單，再繞到市場買番茄、櫛瓜、酪梨及菇類，決定下次，還要再來。

結果後來後來，這間店成為了我的私房推薦，只願意帶喜歡的朋友來。

我覺得，喜歡的店，還是必須要小氣才行，你說對不對。

請客樓的姐姐

如果每個人降生這世界，都有某種原因或許宿命——那麼我覺得，我是為了來世界上享受美食出生的。如果世界上有平行宇宙，我在那個世界裡，一定是米其林餐廳的密探，或是美食雜誌的採訪記者或許編輯——總之都是一樣的，尋香而至，為了美食，走訪世界各地。

以上這段，由我的木星巨蟹代表發言。

唐國師所言甚是，木星掌管放大的能力，於是我命裡有吃，味蕾天線乘上美食運氣，橫天飛來都有美味。每當起心動念，最近好想吃——哦，——要不是在街角轉角出現，就是出現在下一個飯局邀約。或是什麼厲害餐廳，要排隊幾個小時，我經常在碰巧無人的時候抵達，快速享用美食上桌。

食物顯化，相信什麼，什麼就有機會降臨。

謝謝宇宙，我非常愛你。

前陣子跟高中姐妹去吃請客樓。喜歡請客樓囂張的名字，既然要請客，那麼必然是能端得上檯面的好菜料理。有手藝才囂張得起來。

名不虛傳，明明只有四個人，我們點了滿桌大菜小菜。而偏偏我覺得，請客樓做得最巧的，是它的功夫小菜，看上去輕輕鬆鬆的，一入口才知道師傅費勁。成熟的用力，是表面看上去不落一點痕跡，稀鬆平常，細嚼才知內力。

紅麴牛尾滷得熟透，入口化開，刀光劍影，像嘴裡也有華山論劍；鮮露豆腐絲，刀口與調味都漂亮，是身手不凡，飛在空中旋轉的小師妹；悄悄話，豬耳朵包覆著豬舌頭，想再來一盤，再來一局，再咬一次耳朵。

你怎麼知道呢，餐桌分明也是另一個武林。那麼多掌勺大廚，也是一個個派系掌門。

人在江湖，不管現正幾歲，跟高中姐妹在一起，永遠覺得自己年輕，彷彿時空凍結，再次經歷十七歲的夏天。即便我們都已長到，請吃飯的漂亮姐姐，那樣的年紀。

理論是這樣，當我們認識一個人的時候，再次相遇，我們老成了，但也還是當年的樣子。當時當刻，有食物作證為記。

當時天熱，身不由己，沒點到大菜砂鍋一品雞，正好留了懸念，必須要，再訪一次。而這樣的一天，是不是也將成為未來的，時光記憶。

成熟的用力，是表面看上去不落一點痕跡，
稀鬆平常，細嚼才知內力。

姐妹吃 Curious Table

Curious Table入門有三幅畫，小小字樣招牌在一旁，餐廳四月駐點晶華地下，一位難求，為好姐妹祝壽，姐妹手刀，早早一個月前訂位。

Curious Table的用餐體驗讓我想起一件事——飲食本就該是好奇，本就是感官創造。這店有個性，循Speakeasy bar路徑，推開層層門戶，抵達開放廚房，設計回應餐廳在乎，得充滿好奇才行。生活是這樣，飲食也是如此。好奇是，你怎麼觀察，你怎麼看，你怎麼變化。

Curious Table有大野心，純素級Fine dining，食材取自無肉，毫無拘束，上山下海取樣，照樣玩出性格態度。

菜單況且寫，A very curious dinner，擺明給驚喜，不負取名。

用餐當季，主廚以花草入名，於是花仙紛紛下凡——冰花、仙草花、綠牡丹、山苔、蓮花、稻穗、鳳尾蘭、玫瑰，威靈頓坐鎮，餡料取白紅色西瓜果肉，細細燉煮慢熬是功夫菜；蓮花澄清雞湯出彩，娃娃菜一瓣瓣割開要真本事；綠牡丹野菇配松子爽口，再搭抱子甘藍清新脫俗；玫瑰甜美非常，即便不叫玫瑰也是芳香如故，甜點不俗；酸種麵包意圖使人想外帶，配上發酵奶油與貢布胡椒，很想說再來一籃，我吃得下，謝謝。

Curious Table展示的不只好奇，還有伴隨而來的萬般可能性——食物能是雕工藝術，也能是主廚玩心大發的實踐，還能怎麼做，給自己下的一帖挑戰，信手拈來，創造變化。世上體驗許多，能和心愛的人們大啖美食，還是我最愛的其中一種，飲食是萬分甜美的記憶。

而實際上，Gastronomy美食學一詞，詞根源自希臘，意思就是胃的法則——我們有意識地選擇把什麼給放進胃裡。我一向嗜吃肉，貪慕重口味，可在當晚的Curious Table餐桌上，感受到胃的法則的擴張。這樣的時刻特別值得珍惜。

姐妹生日，加入三十以後俱樂部，來訪Curious Table，我想是我們留給彼此的最好祝福——生命持續往前走，保持好奇之心，享受所有的創造與變化，於是可能性，也終將在所有日常中持續發生。以濃茶代酒，Cheers to us！

美味的正義

那年我們在義大利，從羅馬叩門，租車，自駕至佛羅倫斯，預定據說比Zà Zà更美味的炭烤牛排屋。偏偏也是那天晚上，我們吵了一場大架，吵架原因很無聊，不過激烈非常，幾乎想要把對方扔到老橋下的阿諾河那種吵架——怒火中燒，怒氣沖沖，腳步飛快地出門，走進餐廳，語氣平淡地點餐。

牛排上桌，持刀忿忿切牛排，心情還很不悅，胡亂地塞到嘴裡，我的天，哇好好吃哦，讚嘆不已，好吃到，想立刻與對方握手和好的碳烤牛排。

一塊好的牛排，可以阻止情侶間的戰爭。於是那塊牛排成為我們關係中的標誌性意義，爭吵是一時的，美食是恆久的。一言不合，沒問題，要先找個好餐廳。

佛羅倫斯牛排有自己的規矩，據說呢，標準是至少要有三根手指頭的厚度，取用特定牛隻的特定部位，只許木炭大火烘烤，嚴禁不必要調味。限制底下才見真功夫。

一直很想念，希望重現。或許我想念的是那種身體直覺式的，吃到食物的幸福感，讓我忘記我正在為什麼煩心生氣。美食的魔力，美味的正義。

臺北的義式館子，Cantina del Gio把我們拉回那天晚上——喜歡義式牛排三分熟，帶血，豪邁得很，何必端莊樣子，適合扭開幾顆扣子，敞開襯衫吃，牛排放木盤，就能輕巧上桌；碳烤龍蝦，爭鋒比美，蘆筍橫在中間，做中立第三方，比賽預備備，番茄點綴，馬鈴薯襯底；手撕蟹肉麵疙瘩，海系，柳橙提味，意圖使人重返記憶裡最明媚的義大利夏日海邊；前菜三道，布列塔起司，牛舌沙拉，松露扇貝佐蟹肉可麗餅，第一道上桌就讓人眉開眼笑。

結尾要吃提拉米蘇，肯定是提拉米蘇，大概沒有什麼比提拉米蘇更適合完成一頓義式晚餐了吧——沒有喝酒，只喝氣泡水加檸檬，心情微醺，沿路順著敦化散步，想錯認自己在義大利，佛羅倫斯，拖著行李，踏過石子路，嘎嘎作響。

美食的記憶，邀人重回現場，可以選擇的話，這次要牽著身邊人的手，看那落日，過那老橋。

我呢，喜歡做菜有秩序，也喜歡料理不守規矩，總而言之，真正的玩家負責翻新規則。義式料理常給我這種感覺，不論先來後到，只有美味，才是這桌上的唯一正義。

而那美味，大概也是關係裡的和好正義。

爭吵是一時的，美食是恆久的。
一言不合，沒問題，要先找個好餐廳。

臺中有地坊

說實話，這世界上多數好吃的餐廳，我都是跟我媽一起吃的。而臺中回訪最多次的館子，當數地坊（Tu Pang）。

一間館子若厲害，那便是你吃過許多次，每次出發仍十足期待。光是想到要去吃地坊，我的心就有點撲通撲通起來。那是我寧願小氣，只分享給密友們的餐廳。

喜歡地坊，是喜歡料理手法，喜歡食物風味，也是喜歡聽主廚講菜。

第一次去地坊，聽主廚講菜，感受到對食物源頭很深的敬重。菜有生產履歷，海鮮選用野生海釣，因撈捕會壞了生態；主廚很敬重地一一念出提供肉源的養殖業者名姓，一切有了來處，如果你愛食物，要知道它上桌前待過哪裡。

於是我知道，這家店是帶著愛去料理的。當時暗想，如果有下輩子，許願做個廚子，這輩子，我懂吃就行。

隔了幾年再去，喜歡的餐廳換了地址，風格直接翻新，改了門面，還是那個老名地坊。

推開進門，幾乎陌生，也有幽默飄出來，開門見山這一句，you had me at hello，以及進門前王爾德另一句，Everything in moderation, including moderation。比餐廳前身更機警，雖然我依舊想念，前身的透光玻璃窗，大片桌面，光線是餐宴永恆的，最好前菜。

其實最喜歡的，還是聽主廚說菜。

理解食物色相，也聽食物源頭，知道每次下刀都藏用心，那是不變道理——比如開場的小米苔球，森林意象，剪影精靈，背後掀開東部小米逐漸棄種的危機，於是橫縱臺灣九家餐廳，以小米入菜，揉合起司，做成青苔球狀，是生的意象。故事好聽，也是好吃。

或是講雲林三九豬，有自己遊戲間，聽古典音樂，跟家人同住，在極有安全感的環境長大，用其豬油加迷迭香，配法國老麵麵包，不擔心脹氣。

九道的次序，食物的佈局，不只單盤，還有系列邏輯，這季菜單，有行雲流水之姿——

小米苔球精靈引路；老麵麵包的儀式感；酪梨干貝沙拉致意夏日將盡；高麗菜濃湯，撒上浸泡在威士忌裡的烏魚子粉末；海膽布丁的間奏轉場；熱前菜用無花果配羊奶起司（goat cheese）再搭鴨肝水蜜桃；海葡萄充當魚子醬配陣陣海浪；薩索雞帶爪，浸泡蜂蜜整夜的甘美緊緊封住；珍寶芭樂做成冰糕疊著糖漬鳳梨收尾鞠躬，像奔騰遊走的夏日練習曲，要慎重告別這個夏天，無論它是否值得留念。

世上美食許多，本難分高下，好像不過就是，你比較買單，哪個廚師為你全心全意說的故事。

如果可以，我願望喜歡一個東西很久，希望它持續變化，而我持續也有喜歡，這間餐廳便是如此。

然後呢，地坊搬過兩次家，我感覺它終於落腳在適合它的地方。

臺中老市區，後火車站，復興工廠，透著窗望，氤著日光，也可以看見火車在高架行經，充滿移動感的瞬間。

主廚說，其實無菜單料理的發明者，是每個家戶的掌廚人。市場有什麼好的，就選擇吃什麼，做什麼。

無菜單，是料理原始的起點。主廚擅說菜，於是一道料理，自己吃一遍，跟著主廚說帖再吃一遍。食材有名有姓有產地，you know what you put in your mouth。

主廚有堅持，於是有些食材是老班底，比如雲林快樂豬，聽莫札特，也玩玩具；有些料理是新面孔，以應時節變化，用選材與食材搭配，端上一整個季節。

主廚是特別擅長用料理說故事的人。臺中仍是可穿短袖的夏日，於是我們在飯桌經歷秋冬森林的魔幻。

前菜端上森林下午茶，菇類清湯配菜脯雞製泡芙，再來柚子醬油蛋白霜；麵包佐無鹽奶油，踏實好吃；切下烤脆的羽衣甘藍，沙沙作響，是踏入森林的邀請，配著豬肉與栗子醬入口；秋日要吃蘿蔔，於是湯品用蘿蔔加昆布提味，再加入水梨熬煮五六小時上桌，搭上甜蝦與柚子胡椒；這一連串序曲華麗，而調味乾淨淨，是食物原味的清甜。

冷前菜講究創意，干貝配黃瓜，白巧克力搭烏魚子鳳梨，意外爽口；熱前菜鵪鶉搭帶殼薏仁，配上蔬菜醬混入可可，弟弟直呼好吃好吃；主餐選豪野鴨胸，火候到位，鴨肉細嫩，是近期吃過最喜歡主菜——主廚說，這是連來自隆德區的法國人都稱讚的鴨胸呢。

轉場不吃冰沙，但以感官變化，服務生走來，在頭頂噴了玫瑰香氣。甜點驚豔非常，自家製可麗餅，內餡溫蘋果，配百香果冰淇淋；用香料餅乾與小麥茶收尾，全家露出心滿意足表情，飽到即將food coma。

主廚綁馬尾，在飯席間說菜，認出我們是老客人，老客人究竟是挑剔的，可是這菜還真好，一脈相承的，持續創新的，感覺得到一個人如何享受自己在做的事情，能為周遭帶來多大福氣。

主廚在去年拿了綠色餐飲指南年度最佳主廚，專訪時說，綠色餐廳是普世價值，是起點不是賣點。他一路說菜，起因人人有權利理解料理如何成形。說坦白的，這餐廳比許多米其林更好。

毫無懸念地，預約下次。好吃的菜就是這樣，你一吃完，已經想著下次要帶誰一起來。

臺北有RAW

RAW是我心目中有靈魂的餐廳。

讀到江振誠在新書《工作美學》分享RAW入門口處的流雲，量體巨大帶有輕盈流線的松木，是整間餐廳的標誌，也是他對料理的見解。流雲的成形，是請藝術家，一個人，一把刀，投入十九個月時間，將總重三十噸的南方松雕琢成形。凡事如此，得先有料的自然資源，再有理的手藝介入。雕刻也是料理，料理也可能是雕刻。

我感覺，那也有一種隱喻是，料理的美妙之處，就在於時間養成。之所以有靈魂，來自於肯花時間去生成。

RAW不好訂位，好險友人眼明手快，搶先下訂，於是那年我們趕上Andre is back的菜單。臺灣夏季，易遇颱風，我們心裡沒有猶豫地前往，而現場滿座無虛席，我們對每個工作人員都表達由衷感謝與敬意。

在一起吃料理的日子，都是好日子，總有事好慶祝，無論你的轉職，你的婚紗有成，或你的新居搬遷。13 course展開，服務生擔心我們吃撐，我們說剛好，一臉幸福洋溢，每一道菜上桌，我們都像欣賞作品。

那一季菜單，實在好吃——一道羅西尼釜飯甚至逼出同行友人感動熱淚。菜裡有主廚新的野望，芽小麥水針捲搭焦化味噌，讓人想像臺式熱炒入殿堂之姿，黑鮑春筍燉飯，像有一道一道浪打過來，那浪裡有臺灣野生的名字；也有主廚時間性的懷鄉，回到一九九七年的黑松露鴨肝暖凍，料理的初心，經得起時間刷洗，貓眼葡萄況且可愛如初，不覺過時；亮眼的還有海味昆布脆片，熟成帆立貝配芫荽，衝出檸檬香氣；我們一致高票臣服的炭釜飯，用ANAORI調理鍋好好煮一頓飯，青森的霹靂米搭澳洲和牛肩頸與鵝肝，羅西尼牛排的日式翻身轉世——我突然感覺懂做料理，就像懂得語言轉譯，美食本身就是最好媒體。練得嫻熟，無聲更勝有聲。

那時我們還在疫情期間，眾人隔著玻璃窗，小聲交談，美食本身，已經是巨大的語言。

菜單開場是黑醋栗膠囊的森意，收尾是酒漬櫻桃費南雪噴泥煤威士忌，首尾呼應，自持豐盈。記得店員介紹時說，其中一道甜點黑武士，靈感來自Stickers巧克力，元素拆解，黑咖啡、黑巧克力、芝麻、堅果，再一一重組起來，是主廚經常跟自己玩的遊戲。

若喜歡一件事，就把它玩成徹頭徹尾的遊戲，不斷挑戰自己，還能怎麼做，再玩得更好一點。

二〇一八年的情人節，江振誠結束新加坡Restaurant ANDRE的營業，退回米其林二星榮耀，該餐廳外頭，有棵他從南法移植過來的橄欖樹，象徵精神；而我心裡想，口味畢竟是主觀的，可RAW大概也是他心中永恆的橄欖樹，而這次他落地回家了。

鮭魚野菜沙拉

坐高鐵，回臺中，平時在臺北忙碌非常，要暫停下來，才會發現自己經常忘了做一個女兒。索性媽媽真不介意，老是那一句，你想回來就回來，你忙就待在臺北。射手座母親的放養教育。

下午時分，高鐵抵達，早已過用餐時間，跟媽媽去早午餐店，坐在窗邊的沙發座位，共分一盆鮭魚野菜沙拉，再點水果優格，等待一起去種睫毛前的空白。

沒想到自己居然會想點沙拉。心裡驚呼兩聲。

三十歲以後，發現自己喜歡吃菜了，可以吃沙拉了，沒有一定無肉不歡，可以不再仰賴吃撐感覺，才能確信自己剛剛有好好吃飯。飲食習慣，正在不知不覺改變。

以前有一段時期，覺得自己整個人活得輕飄飄地，沒有什麼重心，總是要吃些很重的食物，把自己好好地黏在地球表面——拉麵啦，燉肉啦，高油脂的食物類型。營養醫學說，那是體內缺鐵，再延伸一點的食物心理學說，那是心裡空虛，期待被什麼給填滿。

東西好吃是好吃，可有時候這樣習慣性地、反射性地吃，心裡的空虛過一段時間，爬了個山路，繞了個大彎，又回過頭，馬步蹲在心裡面。於是後來知道，那樣的空虛，要用其他方式，很深層地理解，慢慢給補進去——心裡有空虛，也是有空間的意思，期待被什麼給好好滋養。

總而言之呢，三十歲以後，總算，可以更有覺察一點地，去感覺自己放進嘴巴裡的食物。開始享受，生命裡頭可以容納其他的滋味。

三十歲呀，可以把它看作一個再來一次，主動選擇想怎麼過生命的新人起點。沒有什麼固著又不可放棄的部分，能夠調整的地方，就是有機會呼吸新鮮空氣的地方。

等沙拉上桌前，我翻漫畫，看松本大洋的《乒乓》。短短五集，每集都有一個英雄，而英雄與英雄在球桌上打乒乓，有些人錯過自己的黃金年代，有些人是晚成的野鷹，需要時間醞釀，才會張翅高飛。不過呢，打乒乓的人，有各自不同的野心。有的想要贏，有的想要開心，有的想要和平。你不能否認，想要萬事太平，也算得上一種野心。

許多時候，輸球的日子，成長反而卻是指數的。大概人在好看的漫畫裡，也會看見自己。

沙拉上桌，還加了橄欖，南瓜，木耳，水梨，墨西哥辣椒。南瓜特別甜，真是沒想到自己有生之年，會有如此喜歡生菜蔬食的一刻。媽媽問我最近過得好嗎，像問一個朋友一樣。

媽媽剛從北京出差回來，感覺生命有了新的探險，人也顯得精神奕奕的——當然她老實說，也有可能是剛打完肉毒的關係，她說呢，最近在想生命的企圖心怎麼來。人是在什麼樣的情境下，因而想要改變目前的生命狀態呢？

第一個直覺，我說大概是受傷或是憤怒吧。因為承擔了太多不想承擔的情緒，於是逃離痛苦那樣地去改變。情緒負擔本身，就是一種強烈的推力。

當然呢，也有可能是願景驅動，意念做拉力，有個理想的藍圖在前方，因此知道自己必須，自己得要加速快跑過去。那樣的離開，帶著一種目標導向的加速度。

人似乎是這樣的，不到緊要關頭，不到扎痛自己了，沒有感受到推力與拉力，就很難感受到改變真有必要性。想了想，再咬了一口沙拉碗裡的木耳，好Q彈啊，以前沒有體會過，生菜蔬果看上去都綠綠的，其實有很細膩的味道差異，新鮮的蔬菜，有自然的鮮甜，有土地的氣味。吃好的蔬菜，就像重新與土地聯繫。

說到改變的企圖心，忍不住告訴媽媽，我大概也是這樣子。

其實二十幾歲的生活方式沒有什麼不好，膝跳式地，直線式地，想要把單點拆解，一個個夢想清單都列成Checklist一一打勾。打勾完之後，心裡有一個很深的空洞——好像人生必須不斷地更換夢想清單那樣去挑戰，如果冷靜下來想想，我其實並不知道自己在追求什麼，好像永遠也有一種，更好的，他方的，生活。

可是那是什麼，我說真的並不知道。

我只是羨慕，我只是嫉妒，我只是擔心，我只是害怕，自己最終，即便出發，仍沒有辦法抵達，沒有辦法擠進那形而上的小圈圈，沒有辦法更換下一張夢想清單。

那樣的生活方式與思考慣性，試過一次，便會知道那是一條沒有止境的追尋，只能繼續地跑下去。我覺得那不是我要的。

三十幾歲的我，對於還能怎麼樣生活，重新長出了如幼童般的好奇——有一定要這樣直線乖乖地跑下去嗎？對於這個概念長出懷疑的同時，可能也生長開來。有沒有可能彎彎曲曲地去畫一個大大的圓呢？

這個世界如此新鮮，我想要伸手去指，為之命名。就像我眼前這一盆，我在二十幾歲時，不斷錯身而過的，新鮮的鮭魚野菜沙拉那樣。

輯四

一個工作狂的生存之道

「有個詩意的說法如此，
人不會踏進同一條河流兩次。
時間向前走，
有些時候永恆地被記憶在河流之中。」

做一個認真輸過一次的人

經常在影集裡頭，赤裸裸地，看見自己的影子。尤其經常看見工作相關的——例如看到帶領團隊，看到追逐目標，看到行銷語言，本質上說明，我究竟是個工作狂。也或許是，特別在乎什麼，走到哪裡都看得見。

有一陣子相當迷戀Netflix F1賽車紀錄片，覺得那名字起得真好，《飆速求生》，Drive to survive。不只是要在那個競爭的環境活下來，也更是要跟心裡充滿各路訊息的自己競逐，只能一直往前開，贏過前一秒的自己。

其中有一集，對我影響很大，第二季第四集，那集談的是賓士車隊如何處理失敗——說實在，Netflix的視角選得真好，用失敗說明賓士是如何連續成功。

賓士是當時世界排名第一的隊伍，有最快的裝備，最快的車手，適逢賓士週年，車隊換裝同慶，那是要再奪金牌的氣勢，說實話，也沒有後退掉名次的選項。

比賽的週末，車手發燒到四十度，還是想辦法在排位賽搶下竿位；當天是雨賽，乾的賽道與濕的賽道，有極大抓地差異，全憑車手手感，一不留意，就要出局，甩出跑道。賓士的首席車手漢默頓上路，一路領先，超前第二名將近七秒。賽車場上，以秒數後的二位小數點計較，於是你知道漢默頓有多快，將對手狠狠甩在後頭。

一個拐彎，他難得失誤，打滑，進了維修站，在維修站因為團隊更換輪胎的意外，待了將近一分鐘。一分鐘對賽車場上，可能已是第一名與最後一名的差別。

漢默頓奮力跑圈，可再也追不回來，最終拿了難得的十一名，半點積分也沒有，而他當時是五屆世界冠軍。分數是一路各種錯誤掉的，賓士經理面對採訪時說，把失分歸咎到單次錯誤很容易，但我不想這麼做。

事實就是，我們做得還不夠好，我們跑得不夠好。

而漢默頓回到車場的第一個行動，不是跟其他車隊車手一樣，把自己鎖到房間裡鬧脾氣，到處摔東西，而是安安靜靜地坐在電腦螢幕前，細細地看自己的失誤是如何發生——我要知道自己輸在哪裡，為我的失誤扛責。

然後他道歉，他的道歉是這樣的：「團隊失誤總有難免，但我自己應該跑出來的責任，我沒有做到。」

賓士車隊不問責，因為任何一個強悍的團隊都可能遭遇挫敗，問題發生就去面對。問題發生，人性自然想找戰犯，但推卸責任沒有意義，要解決問題，而不要解決人。

賓士車隊不問責，但團隊裡每個人都開始想，我可以怎麼改，我該怎麼幫助這個團隊成功，是我哪裡還做得不夠。

這整個隊伍讓我佩服的是，他們自信卻謙虛，是徹底理解到，在這樣以秒計算的戰場上，不會有永恆的英雄，你所能做的，不過是，不斷地不斷地去超越自己。

那樣安靜檢討，全團隊面對失敗的畫面，在我心裡留下非常深的印象。我在心裡銘記起來，要給自己挫敗時，當一碗濃雞湯下肚。

我也想要學習那樣扛責的務實，面對問題的健康，把責任拉回自己身上——一個失敗的發生，我是有責任的。這麼說不是什麼對待自己的暴力，不過是願意承認問題與自己總是有關。承認與自己有關，也承認自己是有能力做得更好的。那樣的肯認，說實話也會給未來的自己信心。

誰都不想輸，但沒有認真輸過一次的人，大概也很難贏得長久吧。那是我想給自己的學習與教訓。

——

如果認真想來，我特別喜歡看幕後時間。因為所有幕後時間，每個發生之前，都是一種蹲馬步。

蹲馬步很苦，並且無聊，可是非常必要。去練習，當一個核心堅實，底子扎穩，肌肉有力的人，才能面向生命裡一次又一次的，必要的，縱身一躍，不怕摔出一身春泥，可以拍拍屁股，再來一次。

可以在最辛苦困難的時刻，還是用一種充滿樂趣的眼光，去經驗。

我對競技節目有許多偏愛，看完《飆速求生》，接力看《體能之巔》，緊追《大嘻哈時代2》——華麗的是掌握技藝，練到精巧成魔；也是多人多色，個個都是神奇寶貝，總有贏的局面；更是選手不想輸的神情，最厲害的人是這樣的，不願意輸，可是也服輸，徹徹底底的服輸。

比賽有排名，爭鋒第一與竿位，在每一次的限制裡，甘願去挑戰自己，用分秒的尺度，與自己競技。我常常在螢幕另一頭覺得佩服。

我喜歡的選手們，難免都有點傲氣的，不過永遠都善於自我覆盤。覆盤就是翻新，甚至喜悅，這次沒做好的，原來我還能再做一次。熱鬧之前，經常非常安靜，用最簡單的語言，講最重的道理。你知道嗎，眼淚常常沒有一點聲音。

其實我們是知道的，一個人能走得多遠，端看他有多願意。多願意理解自己的失敗。並且不厭其煩地，沒有挫折感地，近乎欣喜地，願意再來一次。

重訓的起立掌聲

忙碌的週三，開了六個會以後，毅然決然出門做重訓。今日練胸推，先是啞鈴，接著空槓；再練硬舉，一路往上加重量，再加次數。有時候忙了一天，忍不住跟教練說，今天我可不可以躺著練，教練就說好，那你躺著來做胸推。真是謝了。

好像在不知不覺中，變成一個非常喜歡規律運動的人。我的重訓，每週一次，安排在每週三晚上九點，跟著教練上課，一路也有四五年。教練知道我的身體狀態，明白我心肺弱，體力中下，面對部分運動項目容易恐懼，十足有耐心地，要我再來一次，再試一次。

重訓練習是一種數學算式，而且是等差級數。有練有差，不會爆炸性成長，但是穩紮穩打，沒有速成，甚至不練還會退步，掉重量。重訓的進展尤其務實。

二十七歲以前，我是那種完全不喜歡運動的性格，看到球會怕，跟家人爬山會喘，初三上山拜廟會哀嚎，跑完八百公尺的操場，會舉手跟老師說，報告，我嘴巴裡聞到血的味道。也因為二十七歲那年，發現自己連爬個老公寓三樓樓梯都會喘，才心不甘情不願，開始我的重訓之路。

沒想到一試，就成老主顧。

重訓的過程奇妙，掏空自己力氣，用盡全力，卻在結束那一刻，感覺補回了精氣神，簡直身體變魔術。我每每在重訓過後，感覺一天真的重新開始。一個小時能完成的事情，說實在不怎麼多，重訓卻能做好幾組運動，變化型，甚至來回做好幾次。在很短的分秒之內，已經能不斷衝撞自己的體能天花板，我經常跟重訓教練說，這是我沒拿過的重量，這是我沒有蹲過的深度。

而教練畢竟帶我許久，那麼明白我的恐懼與不安全，他就說，總是要做新的重量嘛，因為沒做過，不熟悉，所以才會怕。你做了，就發現其實做得到的。像是你以前也怕跳箱，你跳了幾次之後，也就覺得那沒什麼。

金句畫線——害怕也沒什麼，不過不熟而已。就想辦法，跟新的重量混熟。哪怕新的目標也是如此。

有感而發，跟教練說——重訓客群，就該是一群壓力山大，又求好心切的人們。因為在重訓的時間裡，你總是能夠找到原因，大大方方地，好好讚美自己。無論那是新的重量，或是翻倍的次數，因為你的進步如此可追蹤地顯而易見。你看得見自己的之前與之後。

又或者僅只是，忙碌的一天過後，還是決定去做重訓的念頭與行動，都值得給自己來個掌聲。

我想重訓時間，就是我給自己保留的，起立掌聲的，那樣的必要的時間。

因為沒做過，不熟悉，所以才會怕。
你做了，就發現其實做得到的。

理想生活要有工作

寫第一本書《如果理想生活還在半路》時，刻意地避開寫工作，不是因為不在乎，反而因為太在乎了。擔心自己一時半刻，用字遣詞，沒有辦法說清。乾脆不寫。畏戰逃跑，畢竟也是一種生存策略。

事後想想，要談理想生活，確實不能不談工作。因為我們多數人的生活，保守估計，有三分之一的時間，都在工作環境裡頭度過。而實話也是如此，工作大抵也是我們經歷到最多磨難與挑戰的地方——工作裡有人事萬象，有目標結果，有自己所能創造，也有自己所不能左右，我們在工作裡頭困惑，沮喪，挫折，恐懼，學習，磨練，成長，養成，每個階段都有當期的挑戰與眼光鍛鍊。

如果回頭想來，我們大概也是在那樣的挑戰裡熟成，明白自己要怎麼跟這個社會的秩序與規則相處共度。

而很多人覺得，自己之所以沒辦法活在理想生活裡頭，是受限於工作選擇與事務強度。有時候難免心裡有這樣的念頭——如果不用工作那就好了，為什麼我要把自己活得這麼疲憊呢。說實話，我也這樣想過。

我在長大以後呢，發現，並且願意承認，自己確實是非常喜歡工作的人，這麼說來不怕承認，我的理想生活裡必須要有工作的——於是出版第二本書《四時瑜伽》時，還十分堅持，要把一個工作狂的休息筆記，放在副標題，作為告白揭露，意圖翻轉工作狂的負向聯想。

說真的，工作狂又怎麼樣。工作狂不過就是，我明白我想要怎麼在工作中貢獻。

我看待工作的方式是這樣的，我覺得工作是一個穩定的，安全的，我可以持續挑戰自己的方式。用工作的日常作業當作度量，可以很輕易地定位且下錨，自己的所在位置。我是持續進步的嗎？還是原地踏步的？甚至工作會有同行同業，也有敬重前輩，於是可以很明確地標誌出，自己有沒有想要抵達的下一個地方，想學習的對象。接著可以像設計一個旅行那樣地，雀躍地設定自己的成長計畫。最後工作的需求，一定都有對應資源，找到可應用的資源，就可以感覺在工作環境中，持續有所學習。

工作首先看重的是成果，成果騙不了人。學習的循環，會反映在成果上。

二十幾歲的時候，入行開始做的是編輯，當時剛認識媒體工作，所以諸多不會不懂，也老實發現自己中文不夠好，想要描述一件事情的時候，腦中常常沒有對應的詞彙語句快步跟上。於是只能惡補，養成每週都去逛書店巡田水的習慣——看當時的暢銷排行榜，大家正在關心什麼；看各區的出版新書，補強自己欠缺的領域知識；看出版社編輯怎麼選題落標，選什麼樣的書封與題目，自己也感興趣。去看自己與市場的口味，到底差距落在哪裡，我跟自己說——我必須理解跟自己不同的人，現在究竟在關心什麼。否則永遠，我也只會活在自己的世界。

然後大量買書，不懂的就看，不懂的就查，為了要能撰寫性別類議題，能夠回饋作者稿件，我記得自己把性別理論的相關書籍，塞滿整層書櫃。從基礎的社會學理論開始惡補，然後到性別理論，三波女性主義，看不同陣營論戰，閱讀時很有樂趣，像做回學生，覺得自己全面展開了一個新的面向世界的領域地圖。

其實每一種主義，不過也就是一種描繪與想像世界的方式。

想起來覺得土法煉鋼，不過對我來說，是非常扎實的馬步訓練——我知道對於當時的我來說，我得先開始看得更多一點才行。如果我認知的世界邊界太過狹窄，我也只能整理編輯出狹隘的內容。一個人能夠創造的邊界，是他理解的總和。然後那樣的習慣，一路跟著我到現在，十年以後，即便換了職能貢獻，我還是習慣，至少每月都要去逛逛書店，巡田水，感受現在世界正往什麼方向遷徙，問自己還在不在這個內容的嗅覺裡面。

後來從內容轉做了電商，每個職能領域，背後都有一套既有邏輯。學好規矩，打好基底，就有餘力在裡頭變化與破壞。把握每一次在工作環境中，自己感覺到不會、不擅長、做不好時，就去拓展自己的學習邊界。多數時候我的經驗是，覺得自己弱小時，成長反而是最快的，因為會有想要強壯起來的深刻決心。

理想生活要有工作，不是因為工作美好，反而正是因為工作裡會有直接的困難挫敗，會有事與願違，會有無能為力，會有主張不同與意見不合，這些經驗都會毫無保留地衝擊與挑戰身而為人的信念系統。許多時候我們在職場環境裡產生的各種反應，其實也連接我們的深層恐懼，於是給我們難以想像的巨大痛苦。

會想逃開躲避，實屬正常，人的心都趨苦逐樂，而如果我們有一點力氣，跟一點意願，可以跟那樣的困難與痛苦隔開一點距離，去觀察並且描述它，我們會得到難得的機會看見，這個經驗想要透露給我們的訊息。

我自己就曾經在一個覺得特別痛苦的工作半年後，看見自己一直沒能獨立發現的工作盲區。重新更新了自己的信念系統。痛苦沒有消失，痛苦確實還是痛苦，只是伴隨痛苦而來的，也有實實在在的禮物。

那個禮物最終，幫助了我繼續成長，也回到我身上，成為我的一部分。

我的老闆瑋軒曾告訴過我，職場就是人與事的交集，像陰陽太極一樣。於是在職場裡，要練做事的精準，也要練做人的完熟。而很多事情，像樹根紮下去一樣，你曾經努力過的地方，會有生命生長，功不唐捐。

人說第一份工作，要慎選老闆。我很感謝我的老闆是瑋軒，感謝我在女人迷工作。她讓我對於工作有了一份嶄新的想像與實踐可能。於是十年之間，從做內容到做產品創意，再做到銷售與品牌策略，我在組織內幾經幾輪職能轉換，踏實地知道自己可以成為什麼。

女人迷是我的第一份工作，我很感謝，過往十年，這份工作讓我回應了對自己階段的生命追求，讓我覺得走在完成自己的路上。

我常常這麼想，工作也是我們和世界相處，時間最長的一種方式。反向思考，工作也是你創造理想世界的途徑與手段，有沒有辦法，透過每天的工作實踐，讓世界更接近自己想要的方向一點？有沒有可能因為你的投身，所以世界能夠變得可愛一點？

等到三十幾歲的時候，許多人閱讀你，首先閱讀的是你的工作職銜，再來閱讀你曾經參與或經手的專案，用來辨識你可能是一個什麼樣的人。一個人的工作職銜當然不等於他是什麼樣的人，可是一個人的工作選擇往往透露他的信念與價值。

理想生活要有工作。因為工作，是我們展現自己創造性的場所。所以，如果可以的話，我們可以邀請自己思考，這件事情由我來做，可以創造什麼不同，把工作當作你的天賦遊戲與能力展現的場所，這樣去思考與安排你的工作。

跳脫「被給予」的互動框架，而是去「主動創造」，那麼你在職場上留下的所有軌跡，也都是在為自己開路與找路。

工作是中性的，沒有標準，沒有優劣，而我們最終也不過是好想好想看明白——所以，我這一輩子來到地球，我的追求究竟是什麼。如此而已。

華麗地跌倒，華麗地站好

人都說臉書早已過氣，活躍臉書的，哪怕全是上一世代的人。可我喜歡臉書的其一功能，就是歷史上的今天。雖我們是平凡小眾，歷史上的今天，兩年前，五年前，都可能是自己歷史的重要大事。

於是今天我看到從前的我，寫下的回顧，還能同情共感——

我相信每個做產品的人，都遇過自己的Epic fall，史詩級失敗，華麗的跌倒，絕處逢生，歸零設定。

我的那一次Epic fall，大概是五六年前的一次跨組專案——當時我雖熟內容，產品思維還在幼幼班，手上拿到的專案是混打型，要做內容、要養社群、要做線下自發活動，說到底都是發展議題核心的不同手腕，接著要想，這個專案怎麼搬到國際。

那也是個相對複雜的跨組專案，小組裡各路菁英均有，各種擅長，每週都要有推進。

那是個我在心裡跟自己說，只許成功，不許失敗的案子。說實話，那也是個或許超過我當時能力的專案。

那時候我常常不確定，我究竟在專案的什麼階段，又要去哪裡，甚至不知道該怎麼回答這些問題。目標沒列清楚，做事節奏恍惚，並設了個很趕的時間死線給自己，沒保留半點彈性，於是每週掐著肩膀，矇著眼睛持續前進，做到後來——覺得自己什麼也不會，什麼也做不好。

連最簡單的內容決策，也開始吞吞吐吐，表面佯裝鎮定，不肯露出半點破綻，其實每天都在想，我是不是一個失敗的Leader，公司交給我的重要專案我都做不好。

專案是拚命照著進度走，做出來也有形有體，但我就是知道，裡頭沒有靈魂，也沒有乘載任何明確目的與意義。

回想當時，簡直是少掉半條遊戲血條。

發現自己不對勁，是留意到自己開始出現過往不曾有的行為——開始害怕上班，晚間失眠，恐懼視線接觸，擔心自己的決策糟糕，害任何一個團隊成員賠上時間。雖然後來我發現，晚了一個小時睡，可能真不算失眠，藉機認識新創圈的各種失眠友們。

於是也下定決心調整，知道這不是我追求的——找信任的夥伴與團隊領導人聊，至少坦承害怕與認知不足已是重要一步；開始在一些很小很小的事情裡頭，去重建自己的信心，去還原對自己的認識，無論工作或非工作的；並且留意自己總有能力邊界，有些事情尚無法全盤照顧，有些事情要仰賴夥伴；然後休息，真正地休息，放下地休息，原諒自己那樣地去休息。

我後來請了三天假，飛往泰國，每天都跑去按摩，在按摩之時，總是沉沉睡著，想像自己是條接地線，所有壓力，都能交託給大地。

後來當年稍晚，女人迷開了一場鳳凰大會，取其意，燒不死的鳥，終成鳳凰。各個失敗專案列隊站好，風光分享，我是上臺的第一個，承認自己做了一個失敗的專案。分享失敗的成因就在於從頭到尾都不曾設定清楚目標，也談不上懂策略，開口談當時的各種面對，諸如壓力山大與能量復原，然後鞠躬，感謝自己面對失敗不死，也有夥伴撐腰，活到現在，置之死地而後生，明天要再活一次。

於是，女人迷有句話是這樣的——能被複製的成功才是成功，重複的失敗才算失敗。

史詩級失敗的意義就是，理解自己的能與不能。能的盡力做好，不能的就盡快學好，既然上路，要補裝備，累積經驗值，換一把更長的遊戲血條。

華麗地跌倒，在地上懶洋洋地躺一會兒，拍拍屁股再華麗地站好。

六年後的我呢，想給六年前的自己一點掌聲。真是這樣的吧，華麗地跌倒，華麗地站好。我多麼感謝自己曾跌過這麼多跤。團隊有這麼多試錯空間與安全，讓我跌跤。然後呢，明天還是會來。

這是我後來經常拿來鼓勵自己的話——真的，無論今天多麼困難，多麼糟糕，明天都會公平地，中性地到來。死皮賴臉的，無論如何，我都還可以重新開始。

一個失敗的經驗，更新了我的工作信仰，其實想一想，也十分划算。

理解自己的能與不能。
能的盡力做好，不能的就盡快學好。

與其鬆弛，不如張弛有度

近年社群很流行一個詞叫鬆弛感，鬆弛感多好，軟綿綿的，輕飄飄的。而其實我一直以來喜歡與練習的，都是另一個詞彙，張弛有度。

張弛有度，像一個運動員一樣，知道什麼時候肌肉該拉伸緊繃，什麼時候肌肉該完全放鬆。知道任何單一力度，都不足以完成一個動作。張弛有度，更接近我的世界觀。因為老實說，就是因為曾經有全力以赴的緊張，才有鬆弛的空間產生。那是時間的互動力學。

我也喜歡張弛有度的信念是動態變化的。

在非常非常忙碌的工作一週過後，盤點自己本週的成績，並且預約自己一個享受陽光與手上司康的散步；在一個長假的慵懶與空白以後，寫下關於來年成長的心願。知道人生呢，有緊張的時期，也要有鬆軟的時期，這兩種時期互為表裡，圓滿了整個人。

張弛有度也是明白，無論緊張，或是鬆軟，其實自己是有選擇的，能夠決定的。有時候只是當下情境的心態轉念，所以我總是喜歡在最忙碌的時期，發展興趣，因為在學習裡頭，我可以是鬆弛的。

有時候覺得自己太緊繃了，我就在心裡提醒自己要呼吸，不要憋氣。每一次呼吸，都是一次放鬆。

而當能夠這麼想的時候，心裡會自然而然地有感謝——此時此刻的我若能感受到一點鬆弛與餘裕，肯定是某時某刻的我，曾經咬緊牙關地，全力以赴過，於是才能有現在，好整以暇地，讓子彈飛。

因此所有透露出鬆弛感的人，大概都曾經向死而生地努力過。我十分老派地這麼相信。

一個工作狂的生存之道，之於我來說，就是鍛鍊張弛有度的拿捏。誠實也對自己慈悲地，去關照自己當下的真實狀態，是太過鬆弛慵懶了，還是太過緊繃焦慮了，承認那樣的狀態存在，接著就去調整與改變。而有時候，光是覺察到的那一刻起，其實已經就是改變的起始點。

時間迴旋往復，我們把自己活在裡頭。而這樣的一來一往，一動一靜，肯定也擴充了我們人生的尺度，與創造出時間的空間來。

是因為如此，最終我們也開始感謝時間。感謝當年決定努力的自己。感謝各種樣子的自己。

就是因為曾經有全力以赴的緊張，
才有鬆弛的空間產生。
那是時間的互動力學。

企畫理想的一年

我一直相信的是，工作滋養生活，生活豐滿工作——於是越忙碌的工作，越是要有生活的餘裕，我也喜歡工作與生活，模糊邊界，共用方法論，雙軌並進。其實也沒什麼大道理，就是學到的好用方法與工具，通常都是可以通用的。

忘了什麼時候養成的習慣，一年之初，選個風光明媚的日子，找一枝喜歡的筆，攤開當年度的手帳，寫當年度的個人OGSM，整理自己理想的輸入（inputs）與輸出（outputs），進入一整個下午的心流時間。

OGSM是工作上常用的目標管理方法，O代表最終目的，G代表具體目標，

S代表發展策略，M代表檢核指標，用一頁計畫表，從具體目標、發展策略、衡量指標、行動計畫，去推動事態發展、變化。

運用工作方法，幫助自己發展人生。用OGSM來企畫自己理想的一年，也合情合理，有始有終。

工作用輸入與輸出整理出流程與節點，對於推動專案很有效，其實我感覺生命也需要這樣的動態流動——有進有出，有捨有得，有起有跌，要有新氣象，就要有斷捨離，歡迎變化，活出一個嘹亮的Circle of life。我用自己熟悉的方式，整理成四個元素定期追蹤：訊息鏈、學習圈、生產地帶、休息時間。

比如說，訊息鏈決定了資訊取得的來源，於是要每年重新篩選，不需要或是根本毫無營養的粉專通通大刀退訂，商管類書籍每月用電子書看完一兩本做筆記，通勤時間有意識地做相對陌生的知識進補，股市癮者、財報狗、曼報，聽產業新聞再聽股票漲跌。通勤的路途三十分鐘，大概可以聽半集Podcast，眼睛休息，不滑手機，讓耳朵去吸收世界上正在發生的大小事情。

訊息很重要，也是因為我們接收訊息的來源，很大程度地左右我們觀看世界的方式。因此時時要確保，自己接收訊息的管道多元，有必要時也要跳脫訊息的舒適圈。於是有一陣子，我特別喜歡問身邊認識友人，你都聽什麼Podcast呢？

而學習圈，是為了向外拓展，明白世界還很大，立定目標，每季想學一個自己還不會的事情。踏進圈子裡，開始練舞，體驗弓道，品味茶道，明白每種學習都有它的禮儀秩序，光是參與其中，就覺得自己永遠能有另一種形體，另一種個性。在學習圈的發展中感覺到，人沒有什麼一定，也沒有什麼非得如何。學習裡頭有日日新，也有足夠的力氣，能夠迭代自己。有空間，為自己創造下一個紀年。

生產地帶是把自己的空間展開再展開，把自己所能的拿出來曬一曬。今年要輕盈而有效，有餘裕也努力地工作，借助各種聰明工具；要繼續創作，也想跟更多人分享，於是開始帶領寫作工作坊，第一期第二期第三期第四期第五期，跟更多人一起鍛鍊寫作肌肉。今年也要持續探索生產的彈性與可能性。

最後，擴充休息的方法，也建立有品質的休息時間，不只跟自己相處，也跟親愛的人們共度。想去哪不要等，想回家就回家，而上升處女造訪，比以往更能在清掃之中，感覺休息，感覺物品歸位的美妙，感覺秩序伴隨而來的自由。

休息時間，最重要也最需要的，就是給予自己生命一點允許。

每次這樣盤點完，就會感覺到生命的清爽。世界還非常新鮮，我還不會的，我還想看見的，我還能創造的，大概也還有許多許多，每每想到這一點，都覺得明日值得期待。

練瑜伽的春夏秋冬

「你啊，是那種有壓力也不見得會讓人發覺的類型喔。」老師閱讀我背部肌理如是說，中背尤其緊，要用黃球沿脊椎兩邊揉開。老師手指輕輕按壓，我就隱隱疼了起來。

帶著這週累積的所有努力，去晚間瑜伽，跟老師說下午工作會議，我突有不預期的情緒波動，自己也嚇一跳。老師說，春日交替，本就多情緒，尤其現在有關注戰事，其實全球都在一個很強的拉伸張力裡，只不過我們自己未必察覺。

這樣的時候，或許眼淚是必須的。

若感覺心浮氣躁，就按腳底板，從內側按到外側，再深深踩進前三分之一的湧泉穴。湧泉養腎，補精力。老師說，趁著春日，培養一種舒展的心情，開枝散葉，盡情敞開，沒有什麼憋在心底。

做很長很長的分腿嬰兒式，再推到下犬式，老師說這個下犬式，能待多久就待多久，直到身體告訴你，已經足夠了。而後我做肩立式，倒著身體，閉上眼睛，睡了一陣，覺得體內有什麼凌亂，被重新歸位。

走出瑜伽教室，吃晚餐，結帳，見一客人無故罵著店員，口沫橫飛語無倫次的樣子；再上公車，公車司機一臉氣嘟嘟地，沿途不斷碎念；回家樓下也有一路邊行人，大聲講著電話吵架；突然感覺那張力可能影響著所有人，若沒有覺察，可能決定把情緒垃圾扔到別人身上。

而或許我們能選擇，停下來，理解自己背負的，並為自己好好清理。讓自己從許多的二元裡頭，任何的誰對誰錯，解放出來。

優先地，心無旁騖地，先把自己清理乾淨。

——

立夏以後，天氣熱了，早起七點半，去做瑜伽。瑜伽墊上的練習與獲得，反映這兩三週心境。

可能因為疫情變動，也可能因為挑戰增加，我感覺自己糊成一團漿糊，因為早晨瑜伽，慢慢才有了一點清明。

近期經常自然早起，七點就睡不著了，起床面對一大片空白，忍不住開始想工作，心有惶惶。老師說，早起很好啊，是你體內有足夠陽氣，身體喜歡了早起，其實呢，那是很值得珍惜，並感謝的時間哦，可以思考你打算如何應用。無論是家事，運動，其實能養成習慣，穩定而持續地，擁有屬於自己的時間。

想工作也沒什麼不好的，因為在乎，才會想。也要意識到，工作不等於你，放掉在上頭無限蔓延的得失心，或自我咎責。想著，你是你，而工作，其實是你有意願想努力的事情，用這樣的心情去看待。

再次萬箭穿心。

再說到我們常弄混承擔與自我壓迫——最大的區別是，承擔其實是快樂的。承擔是一種意願，而自我壓迫與擠兌，跟壓迫他人無異，本質都是傷害。

傷害自己是最常見的一種壓迫形式。人要成長，真正需要的，是處事的智慧與待人的慈悲，對他人，對自己都是如此。

練習去同理自己，心疼自己，真的給自己肯定，而不把自己當成受害者。受害者的力量，不在他自己身上。

一邊做拜月式循環，老師提醒眼神柔和，回到身體感官，我們時時要做的，就是讓新的肌肉記憶，取代陳舊的，早該被淘汰的記憶。

於是汰舊換新——感激過往經驗，也去累積新的視角。才不至於一直活在舊的時空宇宙裡。

很多時候呢，做練習，腿抖，老師說，抖就抖啊，你把他當成，肌肉在呼朋引伴，集結同夥幫忙的過程——嗨，這裡哦，我需要幫忙。

其實跟人生，跟工作也好像的，對不對。

——

然後大暑，大暑突然就來了。

大暑炎炎，悶濕流汗，八點多出門，去做瑜伽。

路途邊聽老師的Podcast，有云大暑，火元素多，易燥熱易發怒，可以留意自己因為什麼原因生氣。有些氣該發的還是得發，那是明確表達需求；而有些時候，就練習安靜下來。

大熱天要靜很不容易吧，我跟老師說近期確實好發脾氣，心煩，想說就說，發完脾氣又有歉疚再與對方說明。老師說，很好啊，你生完氣後會想，自己有沒有如實表達需求，以及有沒有理解他人也有邊界，那就是成長。

老師指引用小黃球按背——花生球是整理連線，小黃球則是擴充單點空間。按摩以後，教室不開冷氣，簡直瑜伽三溫暖——可大暑確實也要流汗的，忌喝冰涼，避免體內虛冷，越喝越熱。宜吃綠豆、瓜類、蜂蜜、百合粥一類清熱食物，通通列入清單。

今日做拜日式循環、三角式、半月式，身體有實實在在的幾組鍛鍊，三角式與半月式都練腿的伸直，根基穩定，不飄搖，發展也才容易，我聯想到近期的許多事情。

再做橋式與肩立式修復，體會是，這些熟悉的瑜伽體式，就像我永遠也能帶自己回去的地方，感覺自己在教室裡獲得許多照顧，照顧是很深的允許，並且對自己慈悲。

不知是不是近期看上去過得辛苦，連續兩週下課後，老師看著我說，采岑，我一直想跟你說，你已經做得很好了哦。

返家回程，太陽更豔，聽先前錄的Podcast，正好談大暑時節，引述《四時瑜伽》段落——呼吸是每個當下，千真萬確我們存在的證明，雖然肉麻，但呼吸就是跟身體說著，連續的我愛你。

帶著這樣的心情，回家放心地，沉沉地午睡——忍不住覺得，人要待在讓自己感覺快樂，有愛有鍛鍊也有創造性的環境，就像在瑜伽教室裡感覺的那樣。

如果沒有，我就為自己創造一個。

——

秋分，日夜等長，秋日抵達。這個週末，我跟虎吉一起懶洋洋，需要長長的，關機式的，分號式的，不顧一切的睡眠。

老師說，秋天是開始向內滋養的時節，尤其秋分，要把守好自己能量。人也很像一棵樹，夏季向陽長枝枒，秋冬有更多時間要向下深根。

早晨瑜伽，握拳敲打肺經，秋日顧肺，宜吃白色溫補類的食物，山藥白木耳勾芡云云；再做扭轉，練三角式與半月式，感覺自己的身體如樹幹扎根很穩很穩；最後做開胸、橋式、大休息，靜坐練左右鼻孔交替呼吸，覺得能順暢呼吸，是一件值得感覺幸福的事情。

秋日不慎，風從肚子鑽到體內，於是這兩三日下午總是頭疼發暈，身體或涼或熱，覺得體內病毒很濃。練完瑜伽，好想睡，久違睡午覺。養生友人耳提面命，青草茶杏仁茶薄荷茶趕緊備妥。

起床後到陽臺，尋覓薄荷（一度錯認為貓薄荷），摘一來朵薄荷葉，洗葉子，泡水，給自己來壺自家製薄荷茶——據說薄荷抗病毒，也能放鬆心血管，調節自律神經，不僅如此，製作過程還很療癒，像神農嘗百草，被植物愛護。

其實想來，身體也如國度，總有資源分配不均，總有不同時期需求，照料自己就是知道如何分配資源，並且願意，分配注意力到需要的地方去——專注力去到哪裡，也就是給什麼地方力量，透過呼吸送支持過去。

而人能照料自己的方法畢竟許多，有瑜伽體式，按摩手勢，飲食調整，很感謝的，很多資源家裡身旁就有，在日常裡頭，為自己提供。

——

又是一年過去。春日有太陽，瞇眼睛，跟虎吉一起曬，搓搓他的肥腮與下巴。掃地機器人路過的地板，可以跟貓一起躺。

研究顯示，現代人需要練習無所事事，當無所事事也成為待辦事項，我建議，每個家戶都養一隻貓，直接跟貓學習。

虎吉跟我撒嬌，我則跟瑜伽老師撒嬌，這是個環環相扣的撒嬌鏈——舉手問師，春日怎麼比冬天更難起床呢，貪戀曬得暖暖的被。

老師說，那要調整呀。可能體內水能太多了，近期要少喝點牛奶哦，鐵口直斷，本週的我，每晚現泡焙茶牛奶。以及叮嚀，要多做拜日式，或是開胸，或是泡腳，都對身體好。

原來春日泡澡比冬日泡澡好，泡完澡會把能量也往外拽，像春日要發芽，冬日則要守，要藏。於是早晨放一窩水，把自己給投遞進去，想著老師說的調整，瑜伽首重調整，調整本身就是練習，如何調整自己順應即將展開的季節，一年四季，二十四節氣，於是我們有許多自然的提醒，可以觀察自己，可以改變自己。

瑜伽課上先練腿，痠得不得了，也練頭倒立，手臂肩膀呈三角，頭頂百會，把自己給翻上去。前幾次練習都感覺辛苦，肩背要出力，否則壓力都在頭頂，真翻上去時，感覺頂天立地，原來是這樣意思。

老師說，看到我翻上去覺得很不可思議，因為我的肩膀其實非常緊，也要留意哦，有些部位能力很強，也要顧及其他部位的均衡練習。深深感謝我的肩背，是我的肩背，把我給撐了上去。接下來要信任我的手臂。

這個春天，有時候覺得自己還沒醒，還等待什麼，或許我們是在等待翻新完的自己。

看近藤麻理惠的新書，她寫，物品的意義就是使用，好好地使用本身就是一種愛，為自己在房間裡建立喜歡的角落。

我很被打動，我想季節也是如此，用四季的時序，為自己建立想生活的方式，就像在那個季節裡，留下一個屬於自己的捷徑。於是你，隨時隨時，都能回去。

於是汰舊換新——感激過往經驗，
也去累積新的視角。
才不至於一直活在舊的時空宇宙裡。

靜坐的品質

最近在練習靜坐。

日頭正炎炎，往內看，鍛鍊心的安靜。

瑜伽老師帶領，週日早晨，做完瑜伽後，開始靜坐。老師會指示——觀察呼吸，只是觀察，無所作為。專注在當下呼吸，若是心緒跑掉，就標記念頭，意識到自己走遠了，接著再次把自己抓回來。抓回來這個當下與當刻。只有此時此地是重要的。

我偶爾在靜坐的過程會想——我是誰，我在哪，靜坐到底有什麼用。覺得自己很難跳脫那樣目標與結果導向的邏輯與思考。又尤其那樣的思考在各種層面與意義上，似乎都為我們帶來許多的效率與便利。

老師說，靜坐呢其實就是在養空。

世間萬物一切的辦法，都是從空性生起。內在有空間，於是萬法升起。靜坐練習的，正是那個無中生有的無，那樣的餘裕與空間。

生命總有這樣的時刻，我們覺得自己在某一個瞬間，被消耗殆盡了，生命乾涸了，沒有力氣了。其實也是因為那樣的「無」裡頭，已經沒有空間，沒有存糧，沒有資產，無法再去創造，沒有辦法再誕生。

有時候靜坐感覺良好，也不要貪慕，沒有好壞評斷；有時候靜坐感覺不好，總是分心，無法安靜，也不用自責，靜坐裡頭我們體會的，也不過是我們當下當刻的狀態。

狀態總是會變化。那是宇宙的道理。

記得小時候學才藝，我媽曾把我送去上圍棋。圍棋黑子白子，規矩即使簡單，組合起來也是千頭萬緒，得要盤算全局，比起手快，更求縝密，更求心慢。慢了才看得出遠方威脅，能找路走，殺破重圍。一整晚上，下一盤棋，我坐不住。

記得圍棋老師跟我媽說，你要注意，這孩子性急。

當時我喜歡的是珠心算，一本珠心算練習本，我可以連續幾個小時不斷地寫。算過一頁又一頁，直到整本寫完。算是那種好勝又執拗的小孩。

我從小老是靜不下來，真沒想過自己也有靜坐的機緣。或許生命中，我們總是也渴望著，召喚著自己所缺乏的事物。

許多時候靜坐經常反映一個人的習性——例如我靜坐時總是想著下一秒，下一分鐘的事情，想著未來。總是覺得自己還有必須完成的什麼。總是覺得自己還有必須努力的什麼。總是覺得自己如果再多做一點，事情會更好一點。

瑜伽老師的提醒如是——我們每一個人，都可以用靜坐的時間，清理與習氣的連結。有沒有機會意識到了，而不繼續想，不認同這個想法，並被它強行帶走。很多時候呢，當我們不繼續想一件事，就是停止給那個念頭力量，停止老是照著一樣的反射性的迴路過生活。

靜坐鍛鍊養空，也鍛鍊辨識自身習氣的能力，我們最終會意識到想法與情緒，其實都不足以代表自己，鍛鍊這樣斷開的能力——否則很有可能呢，成為自己習氣的奴役，反覆踏入同樣的輪迴。

如果能不被牽動，也能鍛鍊一種回到本心的安靜。僅只是觀察，而無所作為。

很多時候我們說自己追求自由，其實能夠轉移焦點，也能夠轉換自己固著的觀點，也就有自由。如果能夠體會，就有機會減少對立，增加合作。

靜坐也是體會一種深刻的，在生命裡頭的自由。

我其實感覺在現在的時局，我們比任何時刻，都還需要這樣的力量——不是熱鬧的，而是安靜的；不是對立的，而是兼容的；不是單向勝負的，而是多向共贏的；不是死板規矩的，而是彈性變化的。

那麼或許，靜坐的時分，培養那樣純淨的心的品質，也是在為這個世界整體的前進，貢獻一點點力氣。

老師最後意味深長地說，修道不是為了得到。凡是為了得到的，都不是長遠的。

我想我的生命，也正在體會與學習這件事情——一種不是為了得到的存在。

一種僅只是存在的存在。

當我們不繼續想一件事，
就是停止給那個念頭力量，
停止老是照著一樣的反射性的迴路過生活。

像是一道海浪那樣

聽瑜伽老師說過一個關於情緒，我非常喜歡的說法。

據說愛斯基摩人善於辨識雲朵的型態，並且有上千種描述雲雨的詞彙——因為那是他們的生存之道。他們透過辨識雲雨與雪堆的狀態，安排與佈置自己的下一步行動。他們越是能細緻描述，越能趨吉避凶，越能萬世太平。

他們因此練就了，另一種觀察世界與觀看自己的眼睛。

那麼我們，能不能像欣賞雲雨的變化一樣，欣賞自己是有情緒的，擁有情緒，可以是一件很美的事情。如果把情緒的造訪與離開，看作一種氣象，那麼我們可以說，眼淚模仿雨滴，大笑模擬太陽，悲傷完整擬態了陰天的烏雲，即將落雨。

我們的情緒變化，就是自然氣候變化。

我從小就是情緒很多的孩子，常常無緣無故，想要大笑，或覺得鼻酸想哭。更小一點的時候，經常覺得自己是不是很奇怪。能在長大以後，聽到這樣的說法，對我來說非常療癒。整個外部的氣候變化，正在與我們內在的情緒變化，溫柔地共情。而我們就像一個中性的通道，情緒透過我們得以顯現，像是那樣一朵飄來的，蓬鬆的雲朵。

如果你不會想抗拒一個雲朵，就不要抗拒你飄來的情緒。我們的開心與不開心，就像一個雲朵，一個落雨那樣，你看是不是很美。而那也有另一種寓意，積雲成雨滴，降雨落土地，你的情緒，既有來處，亦有歸處，如果認真想想，生命中總有重要他人，接納了我們的心情。

把受器想做天空，能量以及感受都是雲。能量以及感受經常性變化。你若能辨識，就會知道能量與感受都是雲，它們都並不是你。透過靜坐與修行，我們鍛鍊辨識的能力與餘裕。

最近趁週末讀邱常婷的《獸靈之詩》，裡頭說，世界存在兩個，一個是真實的，一個是虛假的。虛假的世界乃是對真實世界的模仿，是一個極致的贗品。能夠辨識的人就有模仿師的潛質。

我忍不住想，如果我們不曾練就與具備辨識及覺察的能力，那樣自動導航的，渾然未覺的人生，是不是也就像對真實世界的模仿一樣。到頭來看，功成名就，追名逐利，踩著別人的步伐前往的，會不會其實有很多虛假的，與自己真相脫節的成分呢。

如果忘記了，就回到呼吸上。呼吸裡頭，就是當下。

呼吸是河流，身體是土壤。不妨想像，身體的觸覺是受器，呼吸則是流動的能量，我們可以觀察，當能量行經時，身體如何反應與產生變化。

意識到呼吸淺薄，就是呼吸能夠開始變深的時刻。老師在課堂間隨口說的這一句，我覺得是萬事萬物的通用道理。

知道自己沒有什麼，才能開始擁有。理解自己不會什麼，於是就能開始學會。

然後呢，我們也用愛斯基摩人的心情去生活，有情緒是很美的一件事，偶爾也感覺，即便生活在城市裡頭，自己的身體裡，也可以有山海的共鳴，可以有群獸的共振。

比如做瑜伽的時候，從上犬式後接下犬式，突然覺得，自己也好像正在模仿一道海浪。那一刻，感覺房間內的陽光位移，自己瞬間移動到沙灘。

比如工作敲打著電腦鍵盤的時候，感覺自己也像是輕撫岩石的脊背，拿著樹枝刻痕，寫下屬於這個時代的語言。

如果能這麼想，那麼，我們是不是從未真正離開過自然。

輯五

好作品讓人覺得活著值得

「每個人生命中，
其實都需要這麼幾個可以打動你的作品。
一個好作品，
會是世界對你最極致的挽留。」

看不見的東西

九月第一天，早早請了半天假，計畫練習潛水。今年夏天，颱風接連來訪，海況不佳，因此我得到一個意外空白的半天。

心裡有念頭，好想去看展覽哦。一個好的展覽，能夠體現一件事情與一個人的複雜性，用簡單明確的展覽語言，傳遞給所有來客，於是通常在一個展覽裡，能夠獲得巨大海量的訊息。那樣的訊息量體，能讓人思考很多事情。

出發前往臺北美術館，那兒正在展楊德昌特展。

嚴格來說，我不算楊德昌粉。從前我覺得，楊德昌的作品，美是美，似乎沒有要跟我說話。我不在他想像的群眾裡。

可是沒想到，臺北美術館的《楊德昌──重構展覽》，給我非常非常深刻的感動。重新認識，感覺他有一種對生命的真誠與務實，然後他鬆手與願意，讓生命與作品同軌並進，於是作品蔓生出顆粒分明的情感。那些情感裡，藏滿他對世界的疑惑，控訴，掙扎，孤獨與愛護。

電機工程畢業，楊德昌可以在西雅圖擁有一份輕鬆優渥的工作，他說本來想放棄電影了，去上課以後，總覺得電影工業跟自己格格不入──直到他看到德國導演韋納荷索的作品，被深深打動，然後跟自己說，我要繼續做這件事情。有些事情沒有辦法，也不需要理性分析。他說荷索身上有種不可思議的韌性，一個人，單槍匹馬，我知道我要做，我就把它做出來。然後他朗讀荷索的日記，《冰雪紀行》，像是要以聲音循線，走過荷索抵達過的地方，冰天雪地下，重新燃起一顆熱心。

「……他們決定繼續前進，加速、全速前進。火車啟動，駛向未知的宇宙，堅定地。在漆黑的宇宙中，車輪透著火光，那一節車廂透著火光。任何人都想像不到的星球毀滅發生了，整個世界崩解成單一的點。光線無法再透出來。在這裡，連最深的黑也有如是一道光，沉默也有如咆哮。」——《冰雪紀行》

那樣的愛惜作品，與受作品激勵，也非常打動我。

好像生命裡有這樣的尺度，某些作品可以給你大於你自己許多的東西，在關鍵時刻，救你一命。

我覺得每個人生命中，其實都需要這麼幾個可以打動你的作品，一個好作品，會是世界對你最極致的挽留——這個世界，你喜歡的世界，你還沒有看夠呢。

楊德昌也喜歡漫畫，喜歡《原子小金剛》，喜歡手塚治虫，他是被漫畫養大的孩子，從漫畫中習得分鏡與構圖的邏輯，放入他的電影。所以他的電影，似乎也經常性有一種下集分曉，未完待續。我在想，他是不是很希望臺灣能有自己標誌性的動畫呢，於是在罹癌病重時，他依然製作著動畫作品。工作到最後一刻也不是什麼熱血，不過就是非常喜歡而已。

因為美麗的視覺語言，楊德昌的電影經常被貼上藝術片標籤，如果拉近看，那分明是臺灣尋常地景，主題落地，甚至還帶點日常八卦成分。

他自己這麼說了，「我沒想過什麼是商業，什麼是藝術，我的努力是想拍個好看的電影。」

楊德昌的電影裡，常拉小孩子做主角，於是鏡頭新鮮著，童言童語的真心。大概也就像他，把自己不斷地活成，一個略有志氣的少年。略有志氣，然後努力，並且充分喜歡。

直到很後來，他的電影都還是有非常強烈的少年氣質。我總覺得，《一一》裡頭，給婆婆上香的那一段，大概是他給世界預先寫好的遺書——

「婆婆，我不知道的事情太多了。所以你知道我以後要做什麼嗎？我要去告訴別人，他們還不知道的事情；我要給別人看，他們看不到的東西。」

那是這世界還看不到，即將誕生的所有東西。

重啟人生

媽媽傳訊息問我——欸你看日劇《重啟人生》了沒，裡面的主角跟你差不多年紀喔。

這輩子能降生為人，上輩子的我們大概都做了宇宙級別的好事吧。為了抗拒轉世食蟻獸與海膽等一眾生物吃與被吃的來生，主角麻美決定再活一次。

推開那扇門，重新出生，再活一次。要做什麼呢？不必拯救世界，無需扭轉命運，大概呢，自己能做的，就是讓身邊的朋友家人們活得幸福一點，包含那些曾有過淺淺緣分的人，還有討厭過的老師。

啊——原來活著，本身早已是最大的意義。因為活著，才有不斷經驗的樂趣。

誰都知道那樣的道理，人生的好玩在於過程，偏偏《重啟人生》的編劇笨蛋節奏如此擅長，以吐槽的視角，碎念而不說教的口吻，不厭其煩地，搬演上臺。

於是我們看見，在記憶裡閃閃發光的，多是尋常小事，小事之愛，讓生活可愛。例如放課後，雜貨店前，嘰嘰喳喳聊過的戲劇排名，辛辛苦苦搜集的貼紙簿，策略性談判與對方交換；例如在記憶裡重播無數次的那一首，明明很普通，卻獲得眾人掌聲的歌，還有猶豫著會不會送進來的薯條；例如好友第一次開車上路的旅行，車內高歌，彷彿我們哪裡也能抵達，搭配只有我們才懂的笑話。

有時徒勞無功的煩惱，有時亂槍打鳥的運氣，有些時不我予的抱負，那樣平凡的人生，已經足以重活好幾次。

《重啟人生》是我看過，寫友情寫得最好的一齣劇，幾乎讓人想立刻打電話給朋友的程度。好朋友就是，深夜臨時，造訪家裡，你會碎念，卻還是替他鋪床，深夜聊天，一邊吃著零食的人。

我大概也非常喜歡，再活一次，可以與愛情完全無關。不是因為前生情緣未了，而可以因為，我有這樣一班朋友們，有這樣的家人們，好想與他們再次相遇。

那樣被你們愛著的我，已經足夠幸福了。

想著媽媽大概也是用這樣的心情推薦這齣劇。編劇笨蛋節奏的功力，在於寫生活如其所是，像在充滿精緻澱粉的飯店下午茶甜點桌上，放上簡單爽快的原型食物，反而非常耐吃。不動聲色地，平凡得有滋有味。

這戲適合很慢很慢地看，像生活偶爾需要放慢時間，刻意浪擲地去過，看見很小很小的事，都是生命中美麗的事。並且想念原來能這樣說故事。

想到之前寫第一本書《如果理想生活還在半路》的時候，也是某天路上靈感，想把生活中很美的小事記錄留念。於是當人問說，第一本書有什麼大野心，我都說真的沒有，或許生而為人，這輩子最大的野心，可以不是功成名就，只不過是把生活過得有餘裕，讓自己以及身邊的人感覺，生命真有幸福過。

我想，如果用《重啟人生》的邏輯，這大概是我活的第一輪吧，於是我覺得，什麼都好有意思。

Beef

有人會無條件地愛我嗎？很小很小的愛美問自己，她在長大過程，明確理解到——似乎是不會的。人們愛我的懂事，愛我的聰明，愛我的白手起家，沒有人愛我的陰暗，沒有人愛我的孤單，沒有人愛我的軟弱與受傷。

於是她學會，把生命的晦暗，扔到地下室，塞進怪獸守護的門後，把微笑面具戴好，日復一日扮演愛美，反正她有喬治。還好她有喬治，喬治用愛一個娃娃人偶的方式愛她。人偶呢，漂漂亮亮，帶得出門就可以了，他用他無辜的眼睛，告訴她，親愛的，你就是想得太多了。她聽久了，差點也說服自己。

咒語封印，非請勿入，直到那個男人，那個該死的，大賣場偶然路過的男人丹尼，對她比了中指，撬開潘朵拉的盒子——於是，那個充滿憤怒的，沒被愛夠的小愛美，跟著怪獸一起衝了出來。洪水猛獸，怪物泡在眼淚海，張牙舞爪，全是記憶餘孽。

或許愛美與丹尼在互比中指的憤怒追逐遊戲裡，瞧見彼此最深的恐懼，看著你的時候，我幾乎清楚看見自己最糟糕的樣子。

丹尼緩步走進教堂，用一種交差了事的打卡心情。手插口袋，他仰起頭，沒有想過那聖歌的第一個音落，居然差點唱哭他——可以嗎，可能嗎，有人會愛這樣的我嗎？有人會無條件地擁抱我嗎？

他幾乎想不起來，自己是怎麼走到今天這步，畢竟他是曾經意氣風發的。他是不夠神氣的哥哥，甚至無法給弟弟做榜樣；他經常繞遠路，找不到捷徑的入口；都說起手無悔，而他每步踏錯，驀然回首，已是中年，抬頭，他看見爸媽那張好失望的臉。

萬念俱灰，在他最想死的那天，遇見那個唐突的女人，在停車場，橫衝直撞，朝他按了下喇叭——他人生所有的錯付與無辜，一下爆炸開來。這麼努力的我，究竟做錯了什麼。

There's always something。生活不是羅曼史，更接近狗屎。這個道理愛美跟丹尼都懂。他們的關係是纏成一團的毛線，不能整理，無法乾淨，糾纏許久，還被路過的狗咬了好幾口，最後發現，你已經在我裡面了。

是不是很魔幻——相愛相殺，滿身傷痕，機關算盡，真的想過置你於死地，卻在半途，認出你是我寂寞太久的同類，我們憤怒的嘴臉多麼相似，最後我們躺下來，長談整晚，覺得死在彼此身邊也可以。

Love is our beef。愛不是索取，不是恆久忍耐又有恩慈，不過是場黑色喜劇，是只有你，看過我最殘破不堪的樣子，你理解我，伸出手，擁抱我。我喜歡畫面最後一幕，定格在那毫無機心的擁抱，動物性取暖，日夜身上行經，安詳宛如孩子。

世界上有無條件的愛嗎，她終究是不知道的，或許只有自己才愛得起自己。不過她知道，有他一起煩惱同樣題目，像一起放棄作答的小學生。

她發誓，還要跟他沒完沒了地糾纏下去。Life is so fucked up yet you are still here with me。

沒人想過《Beef》可以是一個純情的愛情故事。

Before Sunrise

一九九五年的盛夏，席琳和傑西相遇，駛往維也納的歐陸列車，他們還不知道，自此以後命運糾纏。

他吊兒郎當走向她，準備好Pickup line，「如果你能遇上另一個男人，你的生活會如何改變，我就是其中一個。想像時光倒流，你就會知道答案，你應該和我一起下車。」他笨拙得可愛，她撈起包包，隨他跳車，維也納。天光正好，繞城而行，陌生容易坦誠，剖開自己，說一整天的話，孵育稚嫩的愛情。

「我喜歡在我別過頭時，感覺他停在我身上的目光。」——席琳愛好浪漫，你的鬍子帶點紅色，在陽光下閃著微光，愛在黎明破曉，戀人年少，一天已是永恆。怎麼會知道，愛情還有日落與午夜，怎麼會知道，愛情還有懷疑與爭吵。

席琳與傑西的愛情，不信邪，不留電話，不許承諾，要老派約定時日，要經年累月錯過，要放手糾纏失去得到，要在長成大人回望，依然記得那日清晨，我吻過你側臉，你呼吸淺，裝著睡，希望愛情不要醒來。你知道嗎？你用一天消磨了我一輩子的浪漫。

半年後無人的火車月臺，九年後錯過的飛機，十八年飛得很快，愛情足夠演三部曲，足夠愛情遲暮，足夠少年愛成老叔，少女愛成婆媽。

再好的愛情也有放壞可能，她怯生生地問他：「如果是今天的我，我們第一次在火車上見面，你還會認為我有吸引力嗎？」她怕色衰愛弛，他怕無能為力，他們最怕的是，抓一把愛，摔進生活，突然忘記為何要愛了，This is how people start breaking up。

我們成了我們最恐懼的，養著一雙兒女，最後成為家人的那一種人。

愛久失去怦然，像放涼的氣泡水，相視無言，開口全是傷害，理解大概也是一件最邪門的事，因為理解所以明白軟肋，知道怎麼傷害你最疼。愛情最可愛大概也是這樣，相知相惜的靈魂，最終沉默，愛情高溫沸騰，冷卻之後，讓人身子難受發疼。

席琳砸下房卡，我想我不再愛你了，眼神冰冷，傑西懺悔，像從時光走過來搭訕的男孩，「我做了這麼多，只是為了逗你笑而已。」

如果你想要真愛，這就是了。這就是現實，它並不完美，但很真實。

我不求什麼，我搞砸了一生，只為與你共度餘生。愛情好真實，我們都愛過別人，愛得很糟，但愛你我想我願意學習一輩子；愛情是時間，是我們走過的每一個，或壞或好的黎明、日落與午夜，縱使時間有末路，但願我們的愛情沒有。

愛到了最後是，我還多想再跟你一路說著話，走陌生的城，談笑或爭吵，眨眼晃過下一個十年二十年，而到了那時候我知道，你還是會牽著我的手。

愛情是一眨眼十八年，見證黎明、日落與午夜，經過愛的綻放、荼蘼與新生，明白心領神會不過寥寥可數，深信一天足以抵過一生的浪漫。

一天即是餘生。《愛在黎明破曉時》背後的愛情故事，也驗證了這個念想。

導演林克萊特拍片用意是還原心動現場，他無法左右現實，但在電影裡，他可以給自己年輕的愛情，另一種可期可待的結局。

那是一九八九的秋天，那個女孩叫做Amy Lehrhaupt，林克萊特與她偶遇在一間玩具店。那年，林克萊特二十九歲，剛拍完他的第二部電影《都市浪人》，前往費城拜訪姊姊，微涼的費城，他與二十歲的Amy徹夜漫談，一生再沒有過同種感覺。

「我們從半夜聊到清晨六點，城裡閒晃，曖昧調情，做所有現在我再也不會做的事。」他們談科學，談藝術，談電影，談音樂，從午夜至破曉，不覺疲倦，他對她說：「我要拍一部跟這個有關的電影。」她笑著問：「這個是哪個？」他深情回答：「這個，此時此刻，發生在我們兩個之間的感覺。」

午夜，他們聊天，他們接吻，他們不想分開；破曉，他們交換電話，想像了未來，卻再也沒有見面。林克萊特真的開始拍起電影，在《愛在黎明破曉時》裡，架空了平行宇宙——我們不留電話，也許就不必賭，也許就能全心全意懷念今晚，也許就不用在命運前低頭，也許時間就會善待我們，有另一種以後。

《愛在黎明破曉時》真實得不可思議，一夜魔幻的維也納城，螢幕前的觀眾小鹿亂撞，愛情可以是這樣的，你每個表情都是長鏡頭畫面。林克萊特邊拍片邊想，Amy會看到這部電影嗎？她會知道這是我們的故事嗎？電影大賣，可林克萊特一直沒有等到Amy現身。她在哪裡，他無從找起，他們沒有約定，拍片成了一種對記憶的模仿與懸念。

時光向前飛，九年後，他拍二部曲，《愛在日落巴黎時》的第一個場景，是傑西的簽書會現場，人海裡有他不願忘掉的溫柔眼神。過去這些年，傑西與席琳都再去愛人，唯有相遇才想起捨不得。林克萊特借傑西之口，說了自己秘密，「每個人都是自己人生經歷的總和，創作時也不可避免地取用人生經驗。」傑西等到席琳，刻意錯過班機，甘願人生亂套，可是林克萊特沒有等到Amy。

直到二〇一二，第三部曲《愛在午夜希臘時》開拍，他才輾轉透過Amy的友人得知，Amy早在一場摩托車意外中過世，她逝世那年是一九九四年的五月——就在《愛在黎明破曉時》決定開拍的前幾週。

Amy不會知道，那個費城微涼的夜晚，不只對他們這雙少男少女重要，也啟蒙一個電影導演蔓延時空的愛情系列，點亮我們這一輩人對愛的憧憬與渴望。

那段錯過的愛情，給了世人一種愛的共同語言。是我們期待著，世上總有一個願意為他跳車漫談整夜的人；總有一個多年不見，再見依然心動的人；總有一個不完美但真實的人，愛複雜的你，愛老後的你，歷經生活劫難，二十年後還是牽著你的手。

一天即是餘生。費城那晚的一瞬感覺，在電影裡成了反覆經歷的場景，好像愛情，愛過於是自此，我們靠近了永恆。

「如果世上有什麼奇蹟，一定是盡力理解某個人，並與之同甘共苦，我知道，這幾乎不可能成功。但誰真正在乎呢？答案一定就在嘗試之中。」——《愛在黎明破曉時》

我還多想再跟你一路說著話，
走陌生的城，談笑或爭吵，
眨眼晃過下一個十年二十年，
而到了那時候我知道，你還是會牽著我的手。

婚姻故事

《婚姻故事》的開頭就像尋常愛情故事。

他有很多吸引你的地方，有主見，才氣縱橫，擅長打點自己，並且願意做個耐心的父親；你有許多讓他目不轉睛的時刻，你善良，善於傾聽，知道如何解決難題，你是願意陪孩子一起長大的母親。

而你們不知道的是，相遇初始，曾讓你心動的，最終成為你憎恨的——所有的問題，真的，一開始就已經存在了。有什麼差別呢，不過是你們看彼此的方式，不再和從前一樣了。

你曾經這麼感謝，是他帶你離開一段瀕臨死亡的關係，你依賴他，感覺心跳，感覺活著，最終卻發現自己緩緩地步入另一段漫長的死亡。

《婚姻故事》編導諾亞鮑姆巴赫的前一部作品，是《紐約哈哈哈》，講成長的斷裂與破碎，夢想的讓渡與荒涼，《婚姻故事》好像一場特別無情的續寫，寫《紐約哈哈哈》沒說完的那些故事——在成年以後，在長大以後，在愛情以後，在婚姻以後，艱難繼續，世界崩解，你打算怎麼重建秩序？

Maybe, Let's start and end with love.

他們的名字是查理和妮可。

曾有這麼一個瞬間，遇見彼此，感覺那麼像救贖，他們曾經，是彼此在汪洋裡撈到的那塊浮木，艱難時共度，一起等待日出。而日出以後，晃眼中年，他們張眼，卻看見充滿瑕疵與碎片的過去，想起來，原來還有這麼多事情，因為愛的緣故，擱在一旁，忘了去做。

比方說，妮可渴望成就自己，渴望肯定，想起多年前自己是有過夢想的，為什麼需要遺忘；比方說，查理事業正盛，熬了這麼久，就要出頭，他不要為了其他人放棄，為什麼她不肯在這個時候支持他。

充滿碎片的婚姻，充滿無奈的中年，充滿瑕疵的你，充滿遺憾的我，就是我們現在所能擁有的嗎？說實在的，我也沒辦法接受，連我都無法欣賞的自己。

成年之後，困獸猶鬥，看《婚姻故事》時，對於查理和妮可，有許多同理，好像沒有對錯，只有差別，就像紐約與洛杉磯，要怎麼比孰優孰劣。距離是地理的，也是心理的，情緒是一層層疊加的，一場場連戲，輕輕地，不著痕跡地，連骨帶肉，把這段關係扯開。

飾演查理的演員談《婚姻故事》時曾說：「每個場景都讓我感覺像賭注，每個場景都很急迫而必要，沒有任何一個讓你得以喘息的空間。」這說的是戲，是不是，也好像婚姻的交手現場。

《婚姻故事》的幾場重點戲，查理和妮可經常不在同個畫面空間。他們中間或有障礙，或有阻隔，那有時是一張桌子，有時是一扇門，有時是孩子，可幾乎是一個伸手的距離，就可以到對方的空間，而他們始終沒有選擇跨越過去。

你不過來，於是我也不能過去。

而我真是太明白你了，於是知道我要怎麼傷害你，傷害之始從來也是愛情，如果不是愛情，大概也無所謂傷害了。於是，決定站得再遠一點，在離婚的過程，重新發現自己，無論如何，也不能與不要退讓的東西。

即便到最後，這段關係的愛依然成立，只是最後，我們也不能在一起了。

在成年以後，在長大以後，在愛情以後，在婚姻以後，艱難繼續，世界崩解，你打算怎麼重建秩序？《婚姻故事》打開一種全新的詮釋。

對妮可來說，這可以是一個奪回自己的故事，建立以她為核心的世界觀，如果你敢去要一個東西，那會怎麼樣？如果你敢於想像新的人生敘事，那會怎麼樣？其實你一直也做得到，你不必依附誰才能生長。

對查理來說，這可以是一個放下自己的故事，你有沒有問過自己，生命中有沒有任何事情與任何人，值得你偏離預設航道，值得凌亂的時間排程，值得經歷幾次心痛的放棄？

對查理和妮可來說，這是一段離婚故事，也可以是一段失去與復得的故事——我們繞了遠路，你用另一種方式，回到我的生命裡，我愛你，你是孩子的父親／母親。

有一幕我特別喜歡，查理在夜裡接了妮可電話（事實上她是以打給孩子之名），因為停電，來幫她推上家門。妮可提議替查理剪髮。前幾幕，他們還在冷戰，下一幕，她說我看到你頭髮長了，要不要我替你剪，那是家人的隨口習慣，會不會是整部戲裡，兩個人最近的距離，近到可以嗅到對方鼻息，近到可以明白，我還是保留著愛你的習慣，真沒有換。

而後，洛杉磯家中的照片改朝換代，他開始上了理髮店，他們的關係走入下個季節，又一年萬聖節，他終於讀到她一年前寫給他的信，「我認識他兩秒就愛上他了，就算愛他已經沒有意義了，我今生還是會愛著他。」

《婚姻故事》揭示的或許是，離婚過程，會不會可能是另一種愛情故事？

因為愛的緣故，我祝福你成為自己，也明白坦承，同時間，我真有許多自己不能放棄或不能退讓的東西。即便分離至此，想起相愛事實，依然給我足夠的力量，走進下一段人生。

你想起生命中有些關係確實是這樣的，你結束一段關係，還有愛的原因在那裡，很真摯的，你只是知道，你們都走不下去了。那是愛，最後一下的輕輕一推。

Dear, Let's start and end with love.

而誰能夠說，這不是個圓滿結局。

窮查理的普通常識

書櫃上有本《窮查理的普通常識》，我一直沒好好看完。這本書是陳綺貞推薦給我的。

五年前採訪綺貞，問她最近看什麼書，她說《窮查理的普通常識》，當時完全沒聽過波克夏跟查理蒙格，對投資也毫無概念的我，再三確認兩次書名。當晚就跑到書局買回家，翻了幾頁，嘗試用螢光筆畫線，我知道跟這本書緣分還沒到，放回架上，供作經典。

有些書是這樣的，你跟它相遇得早，不過時候未到。那也不用急，書跟人畢竟是有緣分的。

二〇二三年十一月二十七號，查理蒙格以九十九歲高齡逝世，我終於把書從書架上拿下來，擺在床頭，幾天讀來，覺得是這陣子看過，最喜歡的一本案頭書。回想五年前的我，十足感性，整天泡在文字海裡，五年間，我碰了銷售，成天在算錢和擬定策略，開始覺得跟這本書有共同語言。

在閱讀這本書的時候，我多多少少也感覺時間之於一個人可以創造的變化。五年為期，只要我們有意願，我們可以把自己裡裡外外翻新一次，做一個全新的人。

查理蒙格喜歡數學，物理，法律，做過飛官，因此還學了熱動力學與氣象學，他喜歡各種思維模型的交叉應用，並且鄭重呼籲不要遵循學科的既有界線，積極去建立屬於自己的理解模型。

非常佩服的是，他相當有紀律地，向世界展現出高度好奇，並且極其有耐心地去學習與自我挑戰。例如，他在七十幾歲時，去學了現代達爾文綜合理論，那種旁人看來近乎苦行僧似的選擇，是他樂此不疲的日常。我感覺那是一種很清澈的品格。這本書裡展示的好奇，紀律，準備，耐心，長期主義，給了我很多的反思。謀靜而後動。

他做過飛官訓練，因此特別講究檢查清單的必要性，他列出給投資原則的檢查清單，其中我特別喜歡並且想自我提醒的三點是：

1. 把自己培養成終生自學者，培養好奇心，努力讓自己每天更聰明一點——如果想變得聰明，你必須不停追問「為什麼、為什麼、為什麼」。
2. 承認自己的無知是智慧的開端——只在自己明確界定的能力圈內行事，抗拒追求「虛偽的精確」的慾望。
3. 不斷挑戰和主動地修正「最愛的觀念」——正視現實，即使你並不喜歡，尤其在你不喜歡現實的時候。

那幾乎也可以說是人生的運行法則，不戀棧既有成績，一路翻新信念，專注投資自己有所研究的項目，對於自己不懂的事情徹底閉嘴，發揮自己能力圈的影響。

其中有段他聊到賽馬，我也很喜歡。他說世界上呢有兩種賭徒，一種賭速度，一種賭旅途。賭速度的，相信跑最快的馬將贏得比賽；賭旅途的，把賽道上的所有細節納入考量依據，賽道是直是彎，排位是前是後，氣候是涼是暖，而他是旅途派的賭徒。於是他會理解，他是為什麼贏。

我想到自己時不時，也有想贏的貪慕，老實說，想贏也沒什麼，知道自己為什麼贏，那是長長久久的。

最後查理蒙格呢，非常非常喜歡閱讀，只要有一本書，他就可以度過一天。即便是最忙碌的時候，他也未曾停止閱讀，自嘲自己簡直是長了兩條腿的書櫥。其實每個人都需要這樣的時刻，一個長時間讓你可以陪伴自己的習慣。

查理蒙格活到九十九歲，應了他自己曾經說過的，人生想成功，得要遠離愚蠢，並且活得久。他一直謙虛說自己並不是特別擅長解決難題，反而是特別擅長遠離難題。真的遇到問題，花時間把它想清楚，問題便已經解決一半。

大道至簡，《窮查理的普通常識》因為犀利且務實，因此溫暖。謝謝查理蒙格願意留給世界的所有，看這本書的時候，我與自己約定，也想做一輩子的學生。

只要我們有意願，
我們可以把自己裡裡外外翻新一次，
做一個全新的人。

最後生還者

看完單集影集，立刻查誰是編劇的衝動，近期有兩次——一次是《核爆家園》，一次是《最後生還者》，查完發現，編劇都是Craig Mazin，有神快拜。Craig Mazin寫的劇，是化骨綿掌，一出手，深入肌理，筋骨全軟，螢幕另一頭的觀眾陷入深深惆悵，還沒注意自己已經是個新的人了。劇情編排，該輕盈，該重手，全經審慎思量，又處理得這麼流暢。

《最後生還者》由Craig Mazin與遊戲製作人Neil Drukkman雙手聯彈，遊戲本就經典，兩人搭出末日背景，反烏托邦，活屍軟爛，主角持槍，踩破屍身，不忘送出溫情子彈。編劇寫末世如惡之華，寫傾城有至善至美，寫亂世生情感——尤其是那一雙背影的，打怪的，彆扭的父女情感，情感插在死亡土壤，開出曼陀羅華。

亂世尤其，父女可以是意義上的，無關血親，相依為命。我轉頭跟伴侶說，你有沒有覺得，電影總是特別喜歡寫尷尬的父女互動？簡直讓人要彆扭著去看，他說現實生活中也常常是啊。父女關係是一場學習。

《最後生還者》賦予活屍片一種嶄新的基調，其實活屍片好看，得寫爛泥裡有生機，活死人堆中躺著嬰孩，而《最後生還者》選擇用第三集一整集的篇幅，展開比爾與法蘭克的同性戀愛，末日裡讓人心動的正港純情，以愛殺出重圍，用自己種的花贈你。兩人都走至中年，末日來襲，什麼也沒有了，反而讓人更毫無包袱地成為自己，重新找到存在的意義與價值。甜美而心碎，即使在最危險的時刻，幸福依然有機會實現。

據說第三集上線，收看數據增長了４９００％。而該集數在ＩＭＤＢ有兩極反應，根據數據統計，三十歲以上的男性打的分數最低，反倒三十至四十四歲女性的評分最高。編劇迎頭直面所有評論或許攻擊，並且說呢，我想寫的，就是末世裡頭也有希望——我們必須明白，無論世界多灰暗，事情真有可能會往好的方向走。

而第六集，Craig Mazin寫下我看過描述男性脆弱最好的對白，寫強悍的主角喬爾與弟弟湯米久別重逢，促膝長談，感覺自己日益體力衰弱，再也沒有能力保護誰——

「你做了什麼樣的夢呢？」湯米問。

「我不知道，我甚至不記得了，」喬爾回答，「我只知道當我醒來，我失去了一些東西，我在夢裡頭失敗了。我失敗了，我唯一做的就是失敗，我辜負了她，一再又一再。」

我連在睡夢中都是失敗的。強悍許久的主角說，我怕我守護不了我心愛的。我原來如此脆弱。其實我常常覺得，當男性願意展現脆弱的時候，往往也是這個人最可愛的一個瞬間。我們不再欽慕英雄，我們嚮往看見人性。

而一個人但凡有了心愛，也有了阿基里斯腱。所有親愛的，也是致命的，喬爾曾經習慣殺出一條血路，因為有了想保護的心意，生出軟肋，再拾人性，對死亡有了畏懼。我覺得呢，那是真正的強大，明白我們皆是凡人而已。

凡人有凡人的活法，而因為愛的緣故，我們不免貪生。

《最後生還者》是叫人欽佩的改編，放大作品的核心思想，補完該被說的故事，不是電玩迷的我，一日兩集地追，是我看過最精巧當代的多元共融作品。劇情與畫面，不斷回應，我們正活在二十一世紀——如果你還看不見多元，那你必須學習睜開眼睛。

藍色時期

意外發現，我鍾愛的漫畫主角，經常是巨蟹座。

於是他們逞強，他們愛哭，他們的強大來自他們承認自己非常弱小，而當生命有了需要守護的對象，因此也終於有了想變強的理由，第一次感覺生命有大於自己的意義。比方說《鬼滅之刃》裡，經常為了妹妹禰豆子哭泣與淚流滿面的竈門炭治郎；《死神》的黑崎一護，故事的展開是為了拯救家人，一護的名字意涵也是守護重要的東西；還有呢，《藍色時期》裡的矢口八虎，為了那一抹藍色的筆觸，他自此覺得生命有重心。

清晨的澀谷街頭，濛著一片藍光，世界剛開始甦醒，看上去有點透明——那是主角矢口八虎的第一幅畫，原來世界竟然能如此觀看。決定如此觀看以後，有了心跳，一切徹頭徹尾地，全然不同了，那好像是生平第一次，他感覺願意與人分享，能夠敞開與人交流。

那是八虎第一次意識到，生命並沒有需要按照標準步驟，登階爬梯那樣地活著，事實上，永遠存在另一種路徑，意想不到，像閉眼飛翔在清晨澀谷街頭。

《藍色時期》是近期看過最讓我怦然心動的漫畫——想起生命也有這樣瞬間，覺得世界亮了起來，有自己顏色。首次遇見，在萬隆的老漫畫店，品味極佳的老闆，手指滑過書架，拿出這本給我說，吶這個很好看哦。喂，豈止好看，翻了幾頁就停不下來，直接在漫畫店掉眼淚。

《藍色時期》描述主角矢口八虎在無所追逐的人生中，意外被學姐的一幅畫作打動，下定決心，要考東京藝大的成長故事。成長敘事，英雄之旅，幾乎是熱血漫畫標配，魯蛇人生，蜿蜒曲折，注定要繞大圓，把自己畫出一個有始有終。

我喜歡《藍色時期》多了現實感，描繪情感尤其精準到位，比如人類面對目標的怯弱膽小，意識到自己與天才的無限差距，正是因為知道自己非常普通，於是才需要不斷努力。一個人不斷自我挑戰，克服困難，其實近看並不怎麼熱血的，反而看上去謙恭而孤獨——知道唯有努力是自己的武器，只有時間是自己的資本，要用策略補上能力差距，要用比別人更多的時間去交換。

自己唯一能取勝的，不過只有時間與努力而已。

翻看《藍色時期》的時候，很容易讓人想起年輕時的自己。那種二十幾歲的，覺得自己特別笨拙，矮人好幾截的時候。不確定自己喜歡什麼，更不確定自己能做什麼的時候。然後，還有一種怕被人看穿的擔心與懼怕。

於是知道自己擁有的，只是比別人更多的時間，比別人更強悍的意願。

「不努力的孩子，是沒有愛好的孩子。做自己喜歡的事，並為之努力的人，是最強大的。」《藍色時期》藉著美術老師之口，在前幾集就戳破興趣與職業的二元矛盾，反倒就是因為在乎，才要努力不是嗎。

喜歡是喜歡，那是第一步，做著喜歡的事情，又肯努力的人，那是無敵的；而事實是，即便做自己喜歡的事情，也不可能一直都很快樂，也有痛苦得不得了的時候。

渺小，無能，自卑，可怕，人類有那樣的時間。看《藍色時期》最動人貼近的是看那掙扎現場——踏在昨日自己的胸口與背上，再往前爬，即便困難，也不斷地抬頭去看，抬手去畫，並且狠狠地去哭。人有這樣能耐，當然是會害怕的，當然世上是有生來天才，可是憑藉努力，繞道超車，抵達目的地，那也同樣非常帥氣。

我喜歡那樣努力的人，他們活出自己的成長敘事，他們不是無敵全能的主角，他們遭遇挫折時，你也感覺心裡有一塊，狠狠地緊緊地跟著揪了起來。而他們面向困難的安靜，會給你堅定的信心。你會自此知道，也有人與你相同。

於是我掉下眼淚，覺得自己被明白了。

作畫的起源其一之說，是祈願，因為作畫之人把自己的意念注入畫作，因此賦予其祝福的生命。作畫的過程，也像造物。畫是另一種語言，這個語言必須以觀察灌溉。有一段八虎為了畫母親，因而觀察到，母親因為下廚拎重物，手臂長了肌肉，並且總是將擺盤最差的小菜，留給自己入口——因而發現，母親是整副身體與精神地，在為家人著想。

於是他說：「也許我沒有才能，但是此時此刻，我想傾盡所有去畫畫。」帶著這樣的意念，他走上一個明知會很辛苦，可是過程也給予他極度幸福感的一條路。

看《藍色時期》，很多時候覺得，就像是切身地看著人生的所有艱難一樣。

《藍色時期》談繪畫，繪畫是非文字的語言，越誠實的人或許做得越好，繪畫關注看的視角，你看見藍色，那麼你就畫出你眼中的藍色。《藍色時期》也是一則成長思維寓言，我們會知道，人的成長全關乎他怎麼看——你看見藍色，那麼它就是藍色的。

而夢想如此魔幻，像那年清晨的澀谷，像那一片藍。

需要勇氣的時候，我就重看《藍色時期》。知道成長必須用心，需要努力，光是努力本身，已經足夠有意義。

井上雄彥與灌籃高手

宮城良田，沖繩人，二年級，獅子座，一六八公分，控球後衛，背號七號，跟哥哥的三歲年差永遠停在他九歲那年。已經離開的人，永遠不會老。

他閉眼睛，記得哥哥跟自己打籃球一打一的眼神，球落地聲響，哥哥告訴他拿出膽識，面對比自己更高大的物事。他天賦不及，身高也不夠高，但他必須繼續打球，用曾經崇拜哥哥的眼神，專注打球，那是他理直氣壯想念哥哥的方法。

看完《灌籃高手》電影版，對宮城良田充滿好奇，那真是井上雄彥說故事的功力——宮城良田從來不是漫畫裡的主角，他速度飛快，厲害不過天才，而電影版給他逐格鏡頭，看見他滿場奔跑軌跡，滲出幾滴汗水。於是我們知道，他的不願放棄，不是來自生來自信神力，而是他背負著的東西——他好想活出他的優秀來。

事實上我們也都是這樣子的。

井上雄彥說，一直想多說點宮城良田的故事，為什麼呢，因為每個人，或多或少都帶著一點痛苦活著的。人可能活在痛苦裡，也活在無限的可能裡。這並不衝突。而且啊，宮城跟自己一樣也是矮個子呢。

活過五十歲，井上雄彥感覺，失敗與挫折有更深層意思，主角也有另種想像了，於是執導演筒，電影版選擇漫畫裡的最後一役——對戰最強山王工業為背景，再選擇以宮城良田，凡人的視角，完成看似天才的故事。

二十幾歲時，井上雄彥畫漫畫，深受天才光芒吸引，要寫那捨我其誰的縱身一躍，五十幾歲，活過半百，他想寫凡人如何努力，世間又如何寬容。我佩服井上的選擇，再說一次熟悉故事，並且更新自己，跟過去的自己對話。只有活過的人才知道，世界上天才從來都是少數，我們只不過都是凡人，嘗試要活出偉大的故事。

其實明明知道，懷舊觀眾想看的肯定是主角級對決，那樣做也很好了，可是既然要做，他就想選一個讓現在的自己，也心服口服的角度。冒點風險，把更迭的世界觀送進作品留下——天才難遇，可每個人也有自己的英雄活法。

我感覺那就好像是，在球場決賽，遇到強敵隊伍，心情既害怕而興奮喜悅著。那也是井上雄彥的英雄故事。

勝敗皆有故事。電影版有個情節我很喜歡，是山王的王牌澤北，賽前跑山拜佛，求佛應允他，他應該經歷的體驗。於是佛給了不敗隊伍，一次敗績。

常勝之人，要能納敗，未來經歷失敗，我會想起這個畫面，時有失敗，那或許是我們生命求來的。

兩小時五分的電影，歷時五年的正式製作，八年的前期籌備——每顆鏡頭都是時間的完成，我們需要這樣的故事，陪伴我們展開未來的五年十年，完成我們自己，不卑不亢的英雄故事。

輯六

我們去旅行吧

「在每一次的旅行裡，
都去想念一遍好好生活的樣子。」

離開臺北城的謝宅

夏日炎炎，臺北悶似蒸籠，遂一鼓作氣，離開臺北，往臺南行。天轉晴朗，香腸熟肉，米糕魚皮，滷肉飯蝦丸湯做早午餐。女子散策，呼朋引伴，喝牛肉火鍋吃司康。臺南寬厚如此，收留許多愛吃的旅人。

說臺北悶，其實臺南更熱，熱過三十五度，再走下去恐怕就成為一隻烤蝦，於是回家午睡補氣。身體想要什麼便立即提供，無論那是走長長的路，或是喝熱熱的牛肉湯，許久沒有活得如此小孩。這麼說也不對，大概是大人式的必要任性。

去臺南，經常選擇住謝宅，追尋一份故事，完成一種情懷。謝宅老屋多，坐落臺南各路街巷，每次造訪，都像揭開一個臺南街區的線索，幾次造訪，按圖索驥，像是在完成一個很大很大的拼圖，靜靜提筆寫一詞老屋。

這次跟朋友入住的這宅，養魚養龜，推門而入有池塘，實是謝家當年嫁妝。那池塘內有一點綴，是一個「心」字的概念。以屋做嫁妝，其實是把一顆待嫁少女心給輕輕送了過去。

門前有樹，晨起烏龜，划水曬太陽，偷窺浴室浴缸。烏龜叫做阿雄，我們喚他阿雄阿雄，他便游來，很難不生情感，感覺自己跟他之間，好像有什麼特別。

其實你說到了臺南旅遊，就是吃。從吃開始反覆練習生活。這麼說起來感覺是有一點笨拙，不過生活不是一種權衡取捨，不是一種錙銖計較，生活就是所有瞬息行動的當下本身。只有在我們願意脫離功利地計算自己的時薪與價值時，生活於是會輕輕鬆鬆地顯現它的本質面目。

在臺南很能快速地落實吃飽睡，睡飽吃的理想。睡醒，就在午間榻榻米上做瑜伽，花生球按摩抬腿，兼聽靜心Podcast；夜間燈暗，我們三個女子在一個老屋裡頭，播送九〇年代金曲串燒，高歌李心潔陳曉東張惠妹，尤其是唱〈心理遊戲〉的陳曉東，就讓我愛你，帥氣非常，哼歌再配番薯球與啤酒一杯——有云，高歌有助舒壓還能降血壓。

臺北城連日降雨，偶也壓抑，旅行間其實忙碌，背著電腦，像背負著責任下臺南。後來我想，要這麼提醒自己，不要混淆承擔與壓迫，承擔是快樂的，壓迫是傷害的，許多時候是自己有期待，內心生心魔，必須先把自己照顧好，做事才有扎實的氣力，才能生願力，才能真正地分享。

如果休息是永恆課題，那要在行事曆上記號，找個讓自己快樂的地方與人們一起去。

一個人的居所，是心理狀態的延伸展現，此屋晴朗明媚，資源許多，就像跟朋友們在一起的時間。而謝宅老屋裡的烏龜阿雄，彷彿成為夏日記號。心若緊繃，記得他輕輕一踢，划水游過，留下日子的痕跡。

無論如何，我們也該這樣。

——

謝宅是這樣的，我帶朋友去，也帶家人去。去了好幾次，每次去都滋味不同。弟弟們的二十六歲生日，驅車前往臺南過——柯家的旅行時間軸，以全家生日起算，於是檔期安排集中下半年，七月一個，十月一個，十二月再一個，慶生完新的一年又抵達了。

臺南謝宅，我們尤其鍾愛，來了好多遍，每次都期待會在哪區落腳，像拆開一包不曾失望的驚喜。

感謝謝宅主人小五哥選了在鹽埕北極殿旁的別邸，有大大的院子，滿院的樹，樹下人們泡茶乘涼，也吹著茶涼。院子是房子的延伸腹地，是家內容得下樹的供養，總覺得家有院子，也是生活有餘裕的意思，是時間裡頭有空隙，無所事事，不做什麼也可以。

抬頭望樹，便感覺冥冥之中有著保護。

那是屋子的祝福，你是被愛護的。

管家介紹時說此棟亦是謝家女兒嫁妝，我想小女兒大概長大會有自己想法。或許總有一天嫁娶名詞會被翻轉取代，而能是一個人帶著什麼樣的生活方式，走進另一個人家裡頭分享，擴充彼此生命。家人的意思也其實如此，像弟弟們邀著女友們一起旅行，複合重組，有不同的飲食習慣與旅行愛好，我們一行人也終將建立新的習慣，去到新的地方。

二十六歲的弟弟們，依然不勝酒力，家族遺傳，血脈不會說謊，喝了一杯酒，就滿臉通紅。照片留念，那些笑著的時間，會成為往後生命的滋養，支持弟弟們去到所有你生命渴望前進的地方。那是姊姊的祝福，你是被相信的，你是被支持的，我們會是彼此歷史的一部分。

而謝宅呢，則收留了所有關於愛的歷史故事。

媽媽是旅伴

抵達日本以後，小眠一夜，直線向北，雷鳥號載我們到有海的金澤。

金澤是被海洋祝福的城市，海味新鮮，信手拈來，於是早起到近江町市場吃生蠔，擠點檸檬，海洋直送。食客願意晨起，市場一早人聲熱鬧，沒有一雙眼睛惺忪困眠——我感覺親切，此處全是愛吃之人。

我跟媽媽都能走，適合作徒步旅伴。天冷步行，暖和自己，於是從車站走至市場，再從市場步行至兼六園，途經金澤城，茫茫下雪，彷彿時代的錯身。

兼六園美在各種變化，池塘小橋，小徑蜿蜒，不厭其煩地，在我們面前展示——大山大海是美，小川小景是美，樹木獨行是美，林里叢聚是美，美是全景的遼闊，美是枯木的掉落，美不會習慣，不會疲乏，總是在發現。

吃和菓子喝熱茶烤腳，撐雨傘躲冰，走至茶屋街，淺野川陣陣寒氣，時近新年，店開得零零散散，那街逕行百年，讓人思考什麼是古老新舊——我們是不是追隨前人腳步，一次又一次地寫下新的故事。要寫些什麼，才足以不負此生。

飯店泡湯，吃近江牛，點海鮮，九點以後喝梅酒，受惠於日幣貶值大點特點，我跟媽媽喝得滿臉通紅。知道此城豐盛，海陸不俗，覺得一年即將這樣溫飽地結束，怎麼能不感覺幸福，怎麼能不感覺得到收穫。

近新年，想去的金澤二十一世紀美術館沒開，路過許多餐廳只收預約客，可是所有的錯過，最終推進了新的經驗，與抵達。

好幸福呢，這個當時當刻，在所有感覺到幸福的時間，不忘這樣提醒著自己。必須帶著這樣的幸福感與信心，去創造新的幸福，像一場接力。

我喜歡跟我媽做旅伴——因為她總是如此好奇。無論是去過的，又或是沒有去過的地方。

告別金澤，出發嵐山，從海的城市，去山的鄉市。心裡漸趨安靜。

嵐山，群山環抱，拖行李，越渡月橋，見小船渡河，飛鳥入林，儘管整座城擠滿人群，人聲總大不過山林，能感覺到安靜的魔法。好靜，沒有吵鬧必要。

是不是因為山裡有大佛的關係，嵐山感覺是被祝願著的——聽說天龍寺多次火災，總沒燒到主殿；渡月橋在二〇一三年，颱風淹水，扎實重建，更顯堅韌，成為一座有信念的橋——就好像一個人，經驗過風雨，於是練習，把自己站成穩定的姿勢。

嵐山是那種你會想一再回去的地方——四季變化，每次相見，也如初見。要走長長的路，去拜一拜佛，拍兩下手，虔誠許願。依著竹林，是不是願望可以，更快上達天聽。

行經嵐山竹林，媽媽說《藝伎回憶錄》裡有這樣一幕，章子怡在竹林裡，跑著跑著，一瞬長大了。那麼若是回頭走，大概也能變年輕吧。不過呢，我已經不用更年輕了，我擁有過了，媽媽說。簡直頓悟開釋。

你已經擁有過了，不必回頭。

嵐山就像我二〇二二年的隱喻，這一年有許多時候，我感覺更深地認識與看見自己——像是盤點自己的樹根一樣，知道自己什麼能夠，什麼不能，什麼缺乏，什麼豐盛。理解自己的邊界，知道自己的能耐，有所為有所不為，很多時候，回到身體裡頭，去感覺沉沉的安靜，身體是我的家鄉。

並且在任何時刻，也知道自己是被祝願著的，被支持著的，被照拂著的。像山裡有佛，佛不言語，但是佛在。我知道我能長大到這個年歲，是因為身邊有許多愛我的人。

而我已下定決心，從今而後，不為恐懼，而要為了願景，為了信念，為了未來行事。困難的時候，想起拜過浴火新生的天龍寺，它美得海納眾生，禍福一概平等。

媽媽說我吃運佳，所以幾乎每張照片都手拿食物，我說呢，你在乎什麼，什麼運氣就好。千真萬確。

二〇二二年的最後一天在嵐山，用冰淇淋與這一年告別，新的一年你也要甜甜的哦。

———

我媽絲毫不介意我們扛行李走，行動力跟我不相上下，唯一的要求只有——入宿的飯店要有大浴場，能洗刷行走的疲憊痕跡。

我們在新年第一天，去宇治，新年初詣，拜平等院鳳凰堂，近乎直覺的決定——有個一天的空閒，要去哪裡呢，就去宇治。

宇治細緻，臨河橋多，河邊養鵜鶘，適合散步，尋覓最後的楓紅一兩株，宇治是河川貫穿的城市。

平等院像宇治的核心，平安時代，起始供佛，千年保存阿彌陀如來與觀音坐像，祥和莊嚴，臉上有慈悲；兼有雲中供養菩薩像，手持樂器，奏鳴喜樂。

博物館館藏保持極好，是近期我逛過最喜歡的藏物，用心許多，清水模建築本身也是藝術一部分。細節之美，美在處處留意。

平等院歷史千年，導覽安排十足現代，推薦以五感觀寺，導覽如此說，日落時分，日光從佛身後照入，燦亮整間祠堂。欲知喜樂，當要造訪宇治御寺。在平等院，想到聽過一個故事，據說在泰國的佛寺，人們跟佛離得很近，日常會帶著金箔、蠟燭、薰香到寺廟靜坐冥想，冥想片刻結束後，就把金箔靜靜貼在佛背上。

佛背貼金箔，老實說，誰也不知道，不過你知道。你在心裡，標記了這段造訪。平等院對我而言的意義也是如此。

最喜歡的也是日式庭園多樹，養池塘，尤其大樹多，姿態全數不同，樹如此穩定而自由，如此自重而支持，樹是群體的，也是獨立的，要向樹看齊。當然還是要吃抹茶——求抹茶大神保佑，名店沒開，就去小店，小店也扛得起宇治美名，手熬紅豆，現烤麻糬搭抹茶，再配一杯煎茶。

搭兩站，去泡源氏溫泉。露天溫泉最好了，閉眼睛，泡完再來杯冰牛奶。新年開春，吃運極佳。

專注行路，感念吃食，虔誠求願，鬆軟休息，這樣地照顧好自己，跟自己平靜地待在一起，就是一種新年大吉吧。

我喜歡跟媽媽一起旅行。像是我們一直以來，都是玩伴一樣。

山裡有佛，佛不言語，但是佛在。
我知道我能長大到這個年歲，
是因為身邊有許多愛我的人。

九份的早晨

早晨九份，剛醒的現場，細細地數窗外的樹，一棵一棵，生長的年輪，橫生縱走的，生命節奏。

數樹是在九份的私宅，避開熱鬧街區，給樹叢叢環抱，窗外望出去，開始數樹，數山脈，數星辰。數樹是由CNFlower創辦人凌宗湧一手打造的山居，白日晴朗，夜時寧謐，都說房間看得出一個人的品格，那這房安靜非常，等時間路過。物件是老的，故事永遠是新的。

早晨在陽光沐浴醒來，看著樹身做瑜伽，感覺我的生長與樹的生長並無二異，速度並不重要，做英雄體式，把手伸長，感覺自己五根手指頭，模擬一棵樹吸收光照的樣子，精神爽朗的，覺得我們都是給陽光愛護的孩子，能在愛裡頭長大；做完瑜伽後，慵慵懶懶地泡茶，泡茶後去泡澡，茶湯與澡湯，都是滋養的流水，我跟茶包都是這世界裡頭，小小的存在。然後呢，要烤麵包，直到整間房充滿烤過麵包的香氣，覺得自己也像一個剛出爐的訊息，被世界歡迎著。而有吃的東西，就有家的感覺。

遠離都市，就覺得可以把自己活得更像一個物件，或是一種非人的生命。這樣的思考，經常啟動我被棄用的另一種感官，好像可以跳脫人世間的秩序與迴路，重新感覺自己的各種可能。

白天過得很快，其實沒有什麼好忙碌的，就是看樹，呼吸，走路。這樣的時候，會知道自己需要的並沒有很多，其餘都是慾望。想起那一年，去過義大利阿瑪菲的山城，也是臨海，世界上的所有山城，是不是都透露並且收留了，人類隱隱約約地想要脫離城市，返回山居的秘密願望。

山城的夜裡很安靜，窩在床鋪，看五十嵐大介的《海獸之子》——覺得那是對生命有崇敬的人才能創作的作品。海的呼吸，山的吐息，那樣浩大，覺得世界就是由山海變化構成，人在其中小小一朵，不必為自己的渺小自卑——我們所未能明白的，我們所能夠經驗的，實在還有太多。

光是這一點，就值得睜開眼睛，知道我們能在山海的環抱裡生長。

想起瑜伽老師說，去珍惜自己的心感覺自由的時候。問我們想活出什麼品質的生命呢——我說，想過豐盛而感恩的一生。在每時每刻，能用慈愛與感謝的心情，去經驗，也喜悅著變化，如此地，不枉此生。

為了替伴侶慶生而一起上山，真誠地慶生本是一種對生命的尊重，我也覺得好像偷偷地，替自己的生命慶祝一樣，許下我少少的心願。

這樣的時候，會知道自己需要的並沒有很多，
其餘都是慾望。

高雄銀座聚場

去高雄，住銀座聚場，揪好友，兩個榻榻米通鋪，躺好躺滿八個人，充滿臺味聖誕節，點油條，配碗熱杏仁茶。

明明是高雄，為什麼叫銀座呢？查了資料，順便複習臺灣歷史，心裡想著如果從前歷史這樣談，再搭配戶外教學，我大概會很喜歡。

銀座聚場的起源前身，是高雄第一個百貨商場，一九三六年的「高雄銀座」。日治期間，高雄銀座仿效日本銀座商店街興建，販售和洋奢侈品，建有酒吧、咖啡廳，該是當時相當時髦的娛樂場所。戰後，鹽埕在地商會集資，前往日本實地考察，當時日本流行拱廊街道，因此回臺後，商會也積極改建街道，遂成此時此刻的樣貌。這裡曾經十分熱鬧過，送往迎來，在八〇年代後，高雄市中心轉移，鹽埕一度落寞，銀座聚場的成立，有一種優雅的老情懷，透過住屋樓房，希望溫習過往。

銀座聚場是棟五層老建築，生在鹽埕埔巷弄，昔日舊時光，一二層做店家，三樓是女學生宿舍，四樓做旗袍，今日已全數改成榻榻米通鋪，配浴間廁間，五樓則是共用飯廳，電腦一開就是coworking space。住商混合的特殊空間結構，讓人們可以想像一種，更全融的生活型態。

銀座聚場坐落在鹽埕埔，鹽埕埔是昔日發達的國際商場，貿易發生在街巷，建築還保有往日繁榮的結構，樓與樓間有通來往橋。今日有鴨肉珍於門前絡繹，以及深夜排隊不止的杏仁茶與蛋餅意麵做宵夜。

或許城市不死，只是再生，見證人在裡頭拚搏，然後離開，接著出生，像是不止息的海浪。

喜歡外出住宿也是生活場地，甚至昔日貿易，有床有桌，有獨處角落，有一櫃收藏漫畫，讓人願意想像能怎麼過日子——睡午覺，樓梯角窩看漫畫，放音樂，翻雜誌，以及，東西要整理乾淨，才能真正極簡。喜歡五樓有架梯子，梯上有陽光灑著，像人世努力，虔誠供養，競逐送往，全都上達天聽。神諭——好好生活，真正要緊。

旅行經常如此，是不是巨蟹情結作祟，我總是先選定了，自己想要住在哪裡，才有辦法想像一個旅行會如何發生。

前往高雄，銀座聚場就是我此行的目的地。住在那裡的時候呢，感覺自己也住在時間裡頭，像有海浪撲來，自己被歷史洗刷，也有機會去創造我們當代的故事。

好吃食物自然也吃得不少，午間切盤鴨肉與下水，午茶呢，就吃銀座聚場的草莓三明治，深夜前往培根蛋餅意麵與肝連，高雄的夜晚很長很長。而高雄環海，因此城市明白確實，深有肚量，待我們畢竟不薄。回臺北量體重，直接增加兩公斤，當做伴手禮。

告別銀座聚場，把那樣的時間重量，像行李一樣帶回臺北，下回再見。

嘉義是很好地方

此行嘉義，覺得認識得太晚。嘉義是很好的地方。

首先呢，嘉義是座豪氣城市。早晨，老闆，點煎粿，上桌，發現一份份量幾可給兩人平分，還略嫌太多之後，我如此確定。再點肉捲一條，切成厚厚十大塊，好，是嘉義份量，來，都吃都吃。嘉義有大戶人家的性格。

來嘉義，也賴住友人家，感謝照顧，友人爸開中醫，懂把脈，把脈前拿張貼布翻面，說來來來寫名字。我大手大腳寫名字，柯采岑，那字佔滿大紙一張，友人爸一看——哎唷，這個人小迷糊吶。於是本次旅行代號：小迷糊。可以，我喜歡小迷糊，我喜歡生活不要活得這麼百般聰明，偶爾鬆弛柔軟，給人照顧。

此行得木星巨蟹眷顧，抵達週五晚間，順利吃到最後一碗林聰明，湯頭溫稠，九點後滑壘的勝利者之姿。友人神通精算，於是我們闖入各種名店，如入無人之境——下午四點，劉里長的火雞肉片飯，淋醬汁，埋頭好吃，我的一顆心，也全給了出去。

所有美味，都從文化路圓環，沿著光華路直直開出去。

嘉義也是多廟之城，巷弄走逛有神明，廟宇比鄰咖啡店，百姓燒香念佛，再晃出去吃碗燒冷冰；老屋新建，保留窗花與老照片，故事留給下一輩人，細細地說，這城市曾是什麼樣子，未來又如何可能。夜晚乘車去北港朝天宮，想著神明母系，媽祖高高地站在那裡，俯瞰眾生，得到很多保佑那樣地，平安睡眠。

嘉義市內多樹，周遭也環山，於是我們一日往山走，一日往植物園逛，無論世事變化，樹在那裡，山也在那裡，不曾背離，那是千真萬確的道理。山有步道，繞行茶園，穿梭竹林，遠望過去有陣陣嵐氣，是山的呼吸，山可親，山上甜甜吃布丁，午後落雨，我們一路披雨下山，更覺好玩。

像一班孩子，追逐著雨滴和雨滴之間的空隙，在那樣的空隙裡頭遊戲。

讓人驚喜的更是市內植物園，樹種變化，林木層疊蓊鬱，有日式整理風範，高低層次，內在秩序，池塘落葉，野得可愛，美得魔幻，躺在林木間，被樹環抱，感覺樹的快樂。當天造訪，偶遇管理老伯帶路指引，前晚才在渺渺書店，地方刊物《嘉畫》看到樹木園保全訪談，白色汗衫，深色工作褲，卡通毛巾，背後高聳樹林，遇見時一眼認出，彷彿地方名人。

老伯受地方刊物《嘉畫》訪談時說：「人不見得能自由選工作，但能選擇如何面對工作，像我啊，工作環境被樹木包圍，我能做的，就是多花點時間認識這些植物。」他不只自己熟，還熱心介紹，沿路說，來來這是柚木，那是柚木小花，這裡得這樣歪著腰拍，也遞給我們橡果，與許多好照片留念。

我們的照片呢，就是嘉義樹木園保全黃阿伯的指導之作——來哦先站直直來一張，再來吼，來來來像我這樣，向右彎腰，手伸出去，再彎一點。好，讓你們看看我是在拍什麼吼。

真的是歪腰腰腰，與兩位好友在照片裡，模擬樹形，彎腰，以此留念。樹木園裡，樹是主角，所有行經，都是得樹祝福的人。

以前小時候，只認得自己生長的臺中城，好像其餘城市，全數不過是旅遊景點。後來在不同城市，都認得了許多友人，知道他們是被這座城給養大的，於是在什麼城市，都能想像那裡是誰的家，誰的城，多了一點親近。

不同城市養出來的孩子，應該也有本質上的差異吧——總而言之呢，嘉義人就像嘉義一樣，十分實在。嘉義是很好的地方。有很實在的食物份量，堅定可靠的信仰，很親近的山與樹，開創工作的人們，讓人想念，生活其實也不過就是這樣。

倫敦是眾人之城

久違長途飛行，在飛機上把自己睡成一隻，歪七扭八的蟬。

跟鄰座澳洲女生相視而笑——我們是不是都忘了，飛機上的空間居然這麼小，把自己的身體折疊起來，坐得方方正正的，其實一個人只需要這麼小的空間，就足以移動到地球另一端。

歷經大疫，人們拋棄了很多，或許會發現，自己需要的也並不是很多。

疫情以後，物慾垂直下降，機票價格直線飛漲，不復當年，可攔不住眾人往外頭飛的決心。牙一咬，刷機票。目的地是歐洲，我想念歐洲，覺得歐洲呼喚我。

首站抵達倫敦，夜間，拖行李，抵達友人家，友人挪出家裡起居室充作客房。友人家狹長，有適合Barbecue與早晨徒手健身的後院，還有長長的走廊，走廊一次只能一個人通行的寬度，是十分親密的生活空間。友人是G的泰拳教練，和日本太太，有一個十歲的女兒，十分可愛，睡前會給家人Goodnight kiss，生日禮物是即將前往的BLACKPINK演唱會。

畢竟寄宿友人家，吃早餐的時候，後院Barbecue的時候，我都忍不住觀察，感覺到教養能有另一種樣子，深受啟發。友人用跟朋友互動的方式，與女兒相處——比如說，會問女兒關於這件事，你是怎麼想的呢？然後慢慢聽她說。即便不同意，也會講給她聽，自己的想法。

或是用約定的方式討論睡覺時間，今天你要幾點睡，十點半，十點半時就開口問，嘿你要遵守自己提出的約定嗎。那樣的互動，讓我感覺到家中的民主與平等。

早晨醒來，房間內有陽光，四處張羅，生出空間，決定要來做瑜伽，伸展長途飛行翻攪的器官；做早餐，燻鮭魚、貝果與salami，再出門散步。一切都慢，知道我們沒有要趕路。

想要怎麼生活，就怎麼去旅遊。我這樣跟自己說。

於是行程鬆散，環繞美術館，去泰特，去V&A，用力看，覺得自己像小童，還有很多不懂，享受所有我不知道的時候。不知道最好了。美術館也合適購物，海報帆布袋明信片疊，使人手滑，藝術文創商品的頂點；沿河岸，越過橋，長長地散步——友人說倫敦正值熱浪，可這溫度對擅熱的臺灣人來說，何其怡人，穿長褲，不流汗，樹蔭底下有風，走路會笑，照片示意為證。

G興致匆匆地造訪昔日念書的LSE，那校區開敞，剛好遇到一群學生拍攝學士服照片，好青春啊。青春可以不是年紀，而是心態，用以提醒自己以學生眼光，來去旅遊。在SOHO區閒晃時，終於被時差重重打擊，眼皮垂得好重，乘著夜幕，散步回家。

有地方沒有走到，可心裡是滿足的。心滿意足地在城市懷抱裡睡著。

來倫敦已是第三次。

倫敦於我一直也是個端正大城，畢竟沒在此處生活過，情感不多，只記得交通貴，同心圓向外，一圈比一圈貴。此次來感覺，倫敦是視覺的，商業城市裡也有彩色，例如波羅市集處處可見標語，It's a market for all；在柯芬園抬頭有彩色旗幟，more fun, more you, more queer, more pride, more peace, more me——地鐵最明確了，We do not tolerate Hate Crime。此城繽紛，以不喧譁的英式禮貌，告訴所有人——你是受歡迎的，你是此城的一部分。

倫敦城有一種禮貌，那種禮貌是，It's a city for all. It's all connected。倫敦是屬於所有人的城，我們都息息相關。

那是大城的風景與大城的愛護。

此行歐洲，途經倫敦巴黎里斯本與波多，一個觀察是，在倫敦遇上最多選擇不穿胸罩的女子，她們自在，視胸罩如無物，街上也無任何掃射或關切的眼光。想起一則在臺灣聽過的新聞播報，一名在政大的女子，因未穿胸罩出門，獲員警盤查詢問，頻頻提醒，不穿胸罩要小心自身安全，以關愛之名，行輕微恐嚇之實。

突然覺得，自己好像開始可以喜歡倫敦了，為著倫敦是眾人之城，友人在這樣的城市裡，建立起自己的家內民主。孩子在此處長大，見證所有女子自在恣意，也會長成自由的樣子吧。

想要怎麼生活，就怎麼去旅遊。
我這樣跟自己說。

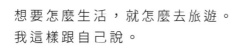

愛巴黎是非理性的

愛巴黎大概是非理性的。我自己知道。

因為記憶裡巴黎是混亂的，不安的，騷動的——可那紛亂裡，也有一種任性的生命力，因此巴黎總是生長，總是變化，總是豐盛，總是召喚我回去。

離開倫敦，抵達巴黎，是晚上十一點，比預期晚一個多小時，歐洲之星隊伍長，人無法消化上車，直接誤點八十六分鐘。火車越雨而行，像是要撞破一面雨牆那樣地不屈前進，抵達時已經雨停。雖是十一點，可感覺天還沒暗。巴黎暗得很慢，彷彿那夜晚永遠不肯結束，巴黎是夜的城市。

而夜晚也屬於巴黎。

Airbnb的老先生幫我們開門，Bienvenue en France（歡迎來法國），走進掛滿油畫與老物件的房間，累得要命，倒頭呼呼大睡。老先生養一隻貓，叫奇揚地，法國貓暱稱義大利紅酒產地，簡直法式惡趣味。

巴黎暗得很慢，亮得很快。

想起上一次來巴黎，是自己一個人來。分手以後，覺得欠自己一次徹頭徹尾的離開，像是我什麼都不要了那樣的離開。於是，沒有比巴黎更適合治癒失戀的城——去聖心堂登高，去聖母院夜走，巴黎會用詩意的過去，支撐每分每秒脆弱的現在，想像下一個厚實飽滿的未來。

巴黎的時長有自己的尺度，彷彿經歷無數個，永恆的，充滿故事的夜晚，於是有錯覺，在這裡療傷，可以共用這裡的時區，好得比較快。

巴黎可以是單數的，也可以是複數的。然後，這次我兩個人來。知道自己已經不活在過去裡了。時間原來這麼溫柔。

我們一早起床，梳洗，瑜伽，然後出門散步，沿河岸走，經常性被塞納河環抱——巴黎也是散步之城，瑪黑區縱走至拉丁區，遠望復興的聖母院，知道生而不息。散步好，畢竟建築好看，店鋪好看，人們也好看；散步亦省錢，也省著擔心扒手心思。

或時興滑板車，歐洲新創，見在地人戴耳機，恣意滑行。有幾處路段，腳踏車與滑板道，還大於汽車道。西裝筆挺的，嘻哈扮相的，都滑滑板車。貨真價實的接地氣。

巴黎有亮面與暗面，既是夜的城市，也是日的城市。白日最喜歡去美術館，公眾的，私人的，基金會的，藝術隨地發生，造訪東京宮，遇到老師帶一班小小學生，講解藝術，像說床邊故事；白日很長，直到十點也不落日，於是長長地晚餐，夜晚地窖聽爵士樂，十二點多走出店門，路上行人，溜直排輪，仔細看是群中年女子們，越過橋面，映著身後塞納河上，亮燦燦的倒影。

各式各樣的，尤其是有過傷痕的人，在巴黎可以活好，可以活出自己的想要。

我跟G牽手走過不知名的橋，哼著爵士的節奏，午夜還有燈火通明，感覺呼吸裡全是愛情的味道。巴黎的浪漫，不用玫瑰鮮花，幾乎是在一瞬間，與人心電感應的。

那，過橋路上有看到老鼠嗎？——友人問我。畫風突變。

看新聞才知道，巴黎正鼠患肆虐，整個巴黎，粗略估計約有六百萬隻老鼠棲居街巷、地下道，而巴黎總人口也不過兩百萬人。鼠輩正以三比一的壓倒性比例，與人類共處。據說，巴黎政府正嚴肅考慮，是不是要與老鼠握手言和，共享巴黎城。

午夜巴黎，適用所有不眠的人，或許還有小動物們。而這城這麼古老，這麼年輕；這麼任性，這麼可愛；這麼安靜，這麼動盪。整座城應證莎岡那一句，「讓自己幸福，是唯一的道德。」

再次來到巴黎，我已過三十歲。想到二十幾歲在巴黎，一個人窩在盧森堡公園裡，吃著五歐的馬卡龍，覺得自己輕薄地像一片無人理會的落葉。三十歲以後的我，恐怕沒有更強壯了，只不過落葉歸土，生根抽芽，我經歷了一個輪迴的季節，長出新的枝枒。

不管什麼時候來到巴黎，我總是得到這樣的暗示。儘管生命總是輪迴，我們踏出的一步，都不會是相似的。我們的生命已經覆蓋了新的土壤。舊的我沒有死去，新的我正在進行。

愛巴黎大概是非理性的，我知道。

偏愛巴黎，就是偏愛它的矛盾，偏愛它的變化，多麼想參與它的正在完成。

偏愛巴黎，沒有為什麼，因著它就是我的時間之城。

各式各樣的，尤其是有過傷痕的人，
在巴黎可以活好，可以活出自己的想要。

里斯本的陽光跟著我回家了

歐陸旅行第三站，是里斯本。里斯本呢，肯定是檸檬黃色的。是炎炎夏日，咬下的，第一口蛋塔，鬆脆而甜美，意猶未盡的記憶。

降落里斯本，也是晚上十一點，歐洲此行，似乎所有交通工具，都理所當然，甚可說是理直氣壯地誤點。走出機場，迎面排隊待客的計程車，高聳的熱帶樹木，平整淡彩色的殖民式建築風格，揉揉眼睛，從機場到住宿點那段路程，有來到泰國錯覺。

此城越往市中，性格越發明確，建築繽紛。里斯本必須逛老城，老城爬坡，高低錯落，人與電車都賣力登高，挑戰體能之巔，那城路直，也直通海線，臨海之城，是不是也把自己建築得像一道道的海浪。

此城燦爛大方，色彩可愛，每走幾步，就停下拍街景，捕捉電車身影，耗光手機電源；此城多樹，多種大花，那花懂得選對比色系，紫色的，桃紅色的，跟建築爭豔。此城多音樂，一把吉他，一個男子翹著腿，一把嗓音，配海做背景。

出發前，一朋友跟我說，里斯本是個光是身在其中，就能感覺幸福的城。確實如此。

沿途吃海鮮，食蛋塔，咬冰淇淋，到山上制高點，望遠，看紅紅的屋頂，吹涼涼的山風，想昔日葡萄牙出海的威風歷史。葡萄牙曾在八世紀，被阿拉伯帝國納為其中省份，建築與地磚花紋留下昔日紀念，葡萄牙也曾做過海上霸權強國，而今日，那種無處不往的野心，收整成對生活用心的愛護。

昔日的征服與被征服，成為此城的記憶，貼合此城的肌理。於是它是那樣驕傲而又謙卑地，在陽光下展開它的日復一日。歐洲正值熱浪，里斯本處南，自然日照沸騰，外出行走，東張西望，發現自己曬出一件明明白白的洋裝。

里斯本的陽光跟著我回家了，我把它藏在我的身體裡面。這次旅行的記憶，也終將成為我的肌膚。

待在葡萄牙時間不長，五天四夜，貪心排了一天往北走到商港波多，一天往西行到山城辛特拉。最熱鬧的，與最靜謐的，模模糊糊地，在睡眠與啟程之間，拼湊出一個旅人的葡萄牙印象。

那麼我，又該如何描述波多——波多是夏日男孩跳水，掀起的一道水花。

葡萄牙友人說，要看河，就該去波多看杜羅河，坐河濱，吹涼風，喝波特酒。於是早上六點，從里斯本，出發去波多，車程三個半小時，一路昏睡，像從臺北到臺南的距離。

波多像里斯本的異卵兄弟，同家系，氣質相異——波多寬闊，到處都大方，大路，大橋，大廣場，大壁畫，人車站，大烤雞。波多是葡萄牙第一大商港，有往來絡繹之氣，整個城區卻也自帶蓬鬆慵懶。

此城大而不爭。處處有音樂與香味。

我們抵達前一天，正值市區慶典聖若翰節，於是市中心的噴泉水池，還漂浮幾瓶當地啤酒。此城剛經狂歡，洗把臉，慢呼呼地，開始全新的一天。

點葡式烤雞，沾霹靂辣醬，吃了幾口，便開始想念臺式甕仔雞的肥美多汁。城區裡多處施工，一路背著陽光，走到波多河濱區。波多美在有大河大橋，路易一世大橋把城分左右新舊，坐在河岸，看幾個當地孩子，在一旁排隊，接力跳水，濺起小小的水花。

波多有一班被河神養育長大的孩子。鍛鍊膽識，未來也將寫下他們的神話。

葡萄牙友人說，他感覺，葡萄牙就像歐洲版的臺灣。許多人沒來過，不知道自己錯過了什麼。我也是這麼想的。好像一瞬間，突然就想念起臺灣了。會不會我們四處旅行，最終都是在尋找，想念家鄉的線索。越是離開，越是想要回去。

人生也好像就是這樣呢，我們工作，我們旅行，我們創造，然後呢，我們帶著這些豐收的記憶，回家了。

里斯本的陽光跟著我回家了，
我把它藏在我的身體裡面。
這次旅行的記憶，也終將成為我的肌膚。

後記

三十歲是一連串優雅的尖叫

「我擁護一種幸福，
它並非不知道世間有著一些困境、抑鬱，
以及力有不逮之事，
而在認清上述這些後，它能夠予以貫穿。」

——克莉絲蒂娃／法國當代思想家

這本書叫做《太陽蛋正面朝上》，喜歡的是那樣營養新鮮的意象，讓人想起所有的，令人感覺愉悅的早晨——我一個朋友聽到，問我的第一句話是，那如果沒有正面朝上會怎麼樣？我愣了大概兩秒鐘，說真的，當然不會怎麼樣呀。太陽蛋朝下，那也是好吃的，對不對。這個世界並不存在這麼多非黑即白，不成功就失敗的故事，有更多，其實是處於中間，充滿空間，開放定義的狀態。喜歡太陽，不代表不曾經歷與感受過黑暗。

就像喜歡太陽蛋，不代表不喜歡吃爌肉飯（硬是想給自己喜歡的爌肉飯一個版面）。

我一直以來相信的是，真正重要的，永遠是一個人怎麼為自己做出選擇。而選擇怎麼過好生活，又是所有選擇裡，我特別看重的一種。如果一個人可以決定把自己的一天過好，那麼他也會有很大的動力與意願，把自己的一生，過得如自己所願，如自己喜歡，如自己所是。

於是想寫一本書，關於三十歲以後。沒想到居然這麼難下筆。

為著三十歲後的所有發生，都是一種現在進行式，也為著三十歲後的心態，其實經常變化，其中也有對於自己過往深信不疑的，堅定捍衛的，提出懷疑與挑戰。於是三十歲以後，我最常感覺到的，大概就是生命是新鮮的，原來我可以是這樣的，又或者，原來我可以不必是那樣的。

這樣的新鮮，是因為有過去累積的基底，也因此有了底氣，敢於翻新。想來想去，這就是我想說的。

三十歲是一連串優雅的尖叫，邊奔跑邊整理頭髮，簡直就是《后翼棄兵》第一幕開鏡，女主角從醉倒的浴缸裡頭狼狽爬起，套高跟鞋，穿連身裙，用三步時間梳整好頭髮與儀容，然後推開大門，坐上牌桌，下一盤棋局，接著得勝。

所有的成就背後，通常是一片混亂。真的，Nothing but a mess，所有整齊都是後話，一個人在成年之後的所有自我養成，多數來自跌倒與狼狽。

混亂開局，一團混沌之中，撐起自己，用一種連根爬起的氣力。我相信所有女人都會對這樣的描述，有所連結與感應，真正打動我們的——從來不是鏡頭前面已然平整的裙襬，計算過角度的微笑，恰到好處的合宜禮貌；而是門打開以前的那一刻，這個人曾經經驗過什麼，這個人曾經等在門後的時間。讓她必然地，能夠面對這一局棋局，從容取勝。

三十歲後的故事，是這樣的故事。惡之花朵，混亂中有建秩序。

而據說土星二十九年回歸一次，那麼從星象觀點，我們實際上必須經歷二十九年的時間，去長大與熟成一個人，那麼同樣地，在二十九年以後，我們也會得到一次翻新做人的機會。於是翻山越嶺，攀過二十九歲，我把我的偏愛，我的不堪，我的執念，我的所有，像貓咪獻曝一樣，通通都攤開在這裡，然後跟自己說，我要去做一個新人了。

我們都是，未來的日子，要去做一個新人了。

此書有成，要感謝悅知團隊的再次邀請，我的第一本書《如果理想生活還在半路》在悅知出版已有三年，持續收到讀後心得，體會如此，原來出一本書，像是一個經年累月的，繞行地球表面的，很大的擁抱，可以跟許多人牽在一起，心意偶有互通。據說滿三歲的寶寶，開始懂得大塊運用肢體，並且情緒鮮明，我想這本書也終將有它自己的延展與表情。

而《太陽蛋正面朝上》的出版，要感謝總編輯小花的看顧提攜，責任編輯小玉的悉心等候梳理，設計Bianco的封面創意，還有悅知團隊所有人的鼓勵。我感覺，也好像大家一起看著這顆蛋長大一樣。

這本書出版，談的既然是三十歲，也要感謝所有在我三十歲前與三十歲後，支持、照顧、愛護、指導、陪伴、提點、滋養過我的所有人們。這句話無論怎麼說好像都顯得矯情，不過一個人活在世界上建立的所有連結，都是這個人十分珍貴的禮贈，真的謝謝所有過往我收穫的愛與照顧，也希望我曾經提供了他人愛與照顧；謝謝所有與我一起抵達現在的人們。

為此，我們於是確定，不虛此行。

如果理想生活還在半路，請先享受一顆正面朝上的太陽蛋。

太陽蛋正面朝上

作　　者　柯采岑 Audrey Ko
責任編輯　黃蒨渃 Bess Huang
責任行銷　朱韻淑 Vina Ju
封面裝幀　Bianco Tsai
版面構成　黃靖芳 Jing Huang
校　　對　葉怡慧 Carol Yeh

發 行 人　林隆奮 Frank Lin
社　　長　蘇國林 Green Su

總 編 輯　葉怡慧 Carol Yeh
主　　編　鄭世佳 Josephine Cheng
行銷主任　朱韻淑 Vina Ju
業務處長　吳宗庭 Tim Wu
業務主任　蘇倍生 Benson Su
業務專員　鍾依娟 Irina Chung
業務秘書　陳曉琪 Angel Chen
　　　　　莊皓雯 Gia Chuang

發行公司　悅知文化　精誠資訊股份有限公司
地　　址　105台北市松山區復興北路99號12樓
專　　線　(02) 2719-8811
傳　　真　(02) 2719-7980
網　　址　http://www.delightpress.com.tw
客服信箱　cs@delightpress.com.tw
I S B N　978-626-7406-42-7
建議售價　新台幣390元
首版一刷　2024年3月

國家圖書館出版品預行編目資料

太陽蛋正面朝上/柯采岑作. -- 初版. -- 臺北市：悅知文化精誠資訊股份有限公司，2024.03
面；　公分
ISBN 978-626-7406-42-7(平裝)
863.55　　113001622

建議分類｜華文創作

太陽蛋
正面朝上

人生的擁有，其實就是能夠不斷地不斷地去經驗，
不停地不停地去自我翻新。